I0703055

KYLE
Du bist mein Hauptgewinn

The Billionaire Barons of Texas ❦ Book Two

CHRIS KENISTON

Indie House Publishing

Indie House Publishing

KAPITEL EINS

„Willst du mir einen Herzinfarkt verpassen?" Kyle Barons Schwester Eve warf ihre Handtasche auf das weiße Ledersofa auf der Familienjacht und stemmte die Hände in die Hüften. „Hast du eine Ahnung, wie viele Jahre du gerade aus meinem Leben gestrichen hast?"

Mit nur einer Hand schenkte sich Kyle einen Drink ein.

Eve starrte ihren Bruder an. „Ein bisschen früh am Tag, um mit dem Trinken anzufangen, meinst du nicht?"

„Das wäre es, wenn es etwas Stärkeres als Cola wäre." Er trank einen Schluck von dem sprudelnden Getränk. „Ich nehme an, Gilbert hat dich angerufen?"

„Ja, hat er."

Die Schärfe in der Stimme seiner Schwester ließ ihm die Nackenhaare zu Berge stehen. Er tat sein Bestes, um bei dem giftigen Ton nicht zusammenzuzucken. „Und, was hat er gesagt?"

Die Hände immer noch fest in die Hüften gestemmt, starrte sie ihn mit düsterem Blick an. „In einer Mailboxnachricht wurde mir mitgeteilt, dass du Fallschirmspringen warst. Das allein ist nicht sonderlich beunruhigend, wenn man bedenkt, dass Geschwindigkeit und Risiko bei dir an der Tagesordnung sind. Wir sind alle daran gewöhnt. Das Problem ist der nächste Teil. Angeblich hattest du einen *kleinen* Unfall."

Er wagte nicht, ihr in die Augen zu sehen.

„Wie zum Teufel kann man einen *kleinen* Unfall haben, wenn man aus Tausenden von Metern aus einem Flugzeug springt?"

„Kann man nicht."

„Genau." Jetzt wippte sie mit dem Fuß. „Ich hatte Visionen von deinen blutigen Körperteilen, die kilometerweit über ein leeres Feld verstreut waren."

Jetzt zuckte er zusammen.

„Gott sei Dank hat mir das Krankenhaus mitgeteilt, dass du noch lebst, bevor ich Mom oder, noch schlimmer, den Gouverneur und Grandma angerufen habe. Die Nachricht, dass du einen Fallschirmsprungunfall hattest, hätte alle drei ins Grab bringen können. Jetzt brauche ich nur noch meinen Friseur, um meine dadurch entstandenen grauen Strähnen zu färben."

Er würde sich unbedingt mit Gilbert darüber unterhalten müssen, welche Informationen sein Manager an seine Angehörigen weitergab. In Kyles Beruf könnte der Tag kommen, an dem seine Einzelteile wirklich irgendwo herumlagen, und das sollte seiner Familie nicht in einer Mailboxnachricht mitgeteilt werden. „Es tut mir leid. Wirklich."

Schließlich ließ sie langsam ausatmend die Hände sinken, und ihr Gesichtsausdruck wurde weicher. „Warum konntest du nicht Buchhalter werden?"

Das brachte ihn zum Schmunzeln. Sein ganzes Leben lang hatte seine Mutter versucht, ihn in Richtung einer soliden Karriere zu lenken. Was sie wirklich gemeint hatte, war Sicherheit. Zum Leidwesen seiner Mutter gab es nur wenige Dinge im Leben, die den Adrenalinstoß übertrafen, den man bekam, wenn man mit fast 300 Kilometern pro Stunde über eine Ziellinie fuhr. Wenn es um Nervenkitzel ging, egal ob an Land, auf dem Wasser oder in der Luft, war Kyle voll dabei. Zum Entsetzen seiner Familie hatte er sich für eine risikoreiche Karriere entschieden. Genauer gesagt, für den Rennsport. Es gab kaum etwas Besseres, als über eine Rennstrecke zu rasen und andere im Staub hinter sich zu lassen. Die einzige Karriere, die vielleicht noch belebender war als der Rennsport, war die eines Kampfpiloten. Beide Maschinen waren leistungsstark, erforderten geschickte Piloten mit starken Nerven und boten die Möglichkeit, höchste Geschwindigkeiten zu erreichen. Obwohl niemand daran zweifelte, dass Kyle ein Adrenalinjunkie war, der das Zeug zum Jetpiloten hatte, wusste er, nachdem er im Rampenlicht eines ehemaligen Marineobersts aufgewachsen war, dass es nicht sein Ding war, rund um die Uhr strenge Befehle zu befolgen. Er brauchte Freiheit und wollte tun, was er wollte und wann immer er es wollte.

So war er jetzt mit seiner völlig aufgelösten Schwester hier gelandet. Aber er verspürte nach wie vor die Sucht nach dem Adrenalinrausch, die das Fallschirmspringen stillen würde. Allerdings war er auf diese Weise drauf und dran, den Statistiken über die Lebensweise, die er führte, recht zu geben. Viele Fahrer ereilte das Schicksal nicht auf der Rennstrecke, wie manch ein Zuschauer vielleicht vermuten würde, sondern nach einem Rennen. Es gab nicht wenige, die eine Karriere hinter dem Lenkrad unbeschadet überstanden, nur um dann beim Skifahren oder beim Reinigen der Dachrinne zu verunglücken. Bislang war er unfallfrei davongekommen, aber er könnte sich innerhalb der nächsten sechs Wochen mit einem Gipsverband wiederfinden, allerdings nicht wegen eines Fehlers auf der Rennstrecke, und noch nicht einmal wegen eines Sprungs aus einem Flugzeug. Nein, sein gebrochenes Handgelenk würde auf ein Stück Seife zurückzuführen sein, auf dem er beim Duschen ausgerutscht wäre, nachdem er an einem sonnigen Tag erfolgreich Fallschirm gesprungen war.

„Wie lange wirst du ausfallen müssen?"

Die Worte rissen ihn aus seinen Gedanken über den dummen Sturz und die Herausforderungen, die seine Abwesenheit von der Rennstrecke für sein Team und den Ersatzfahrer bedeuten würde. Kyle suchte nach den richtigen Worten, um seine Schwester wenigstens ein bisschen zu beruhigen. „Vielleicht sechs Wochen."

„Vielleicht?" Sie hob eine Augenbraue höher als die andere, seufzte kopfschüttelnd und stand auf. „Ich glaube, ich brauche einen Drink."

„Ist es nicht ein bisschen zu früh, um mit dem Trinken anzufangen?", stichelte er.

„Es ist etwa fünf Uhr."

Kyle folgte seiner Schwester an die Bar und erkannte auf einmal, dass er mit nur einer heilen Hand in nächster Zeit keine Weinflaschen würde entkorken können. Wenigstens war die Verletzung während der Sommerpause passiert – einer der Gründe, warum er überhaupt zum Fallschirmspringen gegangen war. In den verbleibenden drei Wochen der Pause würde er bestenfalls ein oder zwei Saisonrennen verpassen.

„Also." Sie schenkte sich ein halbes Glas ihres Lieblings-Merlots ein. „Was ist der Plan?"

„Der Plan?"

„Ja. Du bist verletzt. Du könntest zwar die Schalt-wippe bedienen, aber mit einer gegipsten Hand kannst du nicht schnell genug deinen Gurt lösen und das Lenkrad abnehmen, um dich für ein Rennen zu qualifizieren."

Dessen war er sich sehr wohl bewusst. Es half auch nicht, dass das verdammte Handgelenk trotz der Medikamente, die ihm der Arzt verschrieben hatte, wie verrückt pochte. „Vorerst nicht fahren."

„Und aus Flugzeugen springen? Oder braucht man dafür zwei Hände?"

„Eine Hand reicht, aber ich habe nicht vor, das in nächster Zeit wieder zu tun."

„Sehr gut." Sie trank genüsslich einen Schluck von ihrem Wein. „Wenigstens muss sich dann keiner von uns Sorgen um dich machen."

Das brach ihm fast das Herz. Sosehr er es auch liebte, Rennen zu fahren, sosehr hasste er es, seiner Familie Sorgen zu bereiten. „Es tut mir wirklich leid, dass Gilbert dir Angst eingejagt hat."

„Ich weiß." Zum ersten Mal, seit sie auf die Jacht gekommen war, hoben sich ihre Mundwinkel zu einem müden Lächeln. Sie beugte sich vor und küsste ihn auf die Wange. „Ich habe eine Idee!"

„Sollte ich mir Sorgen machen?" Manchmal hatte seine brillante Schwester fantastische Ideen. Und manchmal, nun ja, waren er und seine Brüder besser dran, sich aus dem Staub zu machen.

Sie verdrehte die Augen. „Da du dich in den nächsten Wochen nicht umbringen kannst, solltest du dich auf der Ranch erholen. Grandma würde sich freuen, dich bei sich zu haben, und ich glaube, wenn du unter ihrem Dach lebst, wo du dir keinen Schaden zufügen kannst, werden wir diese kleine Verletzung besser verschmerzen können."

Seine kleine Schwester hatte nicht ganz unrecht. Das war gar keine so schlechte Idee. Eigentlich war es sogar eine ziemlich gute. Er liebte die Ranch so sehr wie die Jacht, aber vor der Küste vertäut, konnte die *Baroness* leicht erdrückend werden, besonders sechs Wochen lang. Ja, seine kleine Schwester hatte recht. Die Ranch und die Fürsorge seiner Großmutter wären genau das Richtige für ihn.

Addison Raymond starrte auf den Bildschirm vor ihr, schüttelte den Kopf, nahm einen Bleistift in die Hand und kritzelte auf einen Notizblock.

„Ich verstehe nicht, wie du diese Dinger benutzen kannst!" Ihre Kollegin Jen stand in der Tür zu ihrem Büro.

„Du weißt, dass ich keine Minenschreiber mag." Schon als kleines Kind hatte sie es geliebt, mit gespitzten Bleistiften zu zeichnen. Minenschreiber hatten sich für sie immer stumpf angefühlt. Außerdem hatte das Surren eines elektrischen Bleistiftspitzers etwas Beruhigendes.

„Du bist möglicherweise auch die einzige Person im Gebäude, die tatsächlich Bleistifte spitzt."

„Das glaube ich nicht!" In ihrer Abteilung gab es viele alte Hasen, die noch mit Bleistift und Rechenmaschine arbeiteten. Ehrlich gesagt hatte sie keine Ahnung, warum genau diese Leute eine tief verwurzelte Abneigung gegen Software hatten. Da sie in ihrem aktuellen Projekt nicht vorwärtskam, legte sie den Bleistift beiseite, lehnte sich auf ihrem Stuhl zurück und lächelte ihre Kollegin an. „Kann ich dir helfen?"

Jen schüttelte den Kopf. „Nur, wenn du jemanden kennst, der eine Maschinenbauingenieurin sucht, die schon lange nicht mehr in diesem Bereich tätig war."

„Was? Warum?"

„Deb aus der Personalabteilung hat mir gerade erzählt, dass heute Morgen eine Notfallsitzung der Führungskräfte einberufen wurde."

Addison schaute den Flur hinunter. Von ihrem Platz aus konnte sie den Besprechungsraum nicht sehen, aber sie hatte gesehen, wie der Vorstandsvorsitzende und ein paar andere hohe Tiere des

Unternehmens vor ein paar Stunden aus dem Aufzug gestiegen waren. „Bist du sicher, dass es sich nicht um ein geplantes Meeting handelt? Du weißt ja, wie sehr die Jungs es lieben, voreinander anzugeben, und dafür jeden Vorwand nutzen."

„Schön wär's! Man munkelt, dass die Quartalsberichte vorliegen und desaströs sind. Die Vorhersage für das nächste Quartal ist auch nicht besser."

„Das wäre nicht das erste Mal, dass die Zahlen schlecht sind. Wir haben schon öfter Konjunkturabschwünge überlebt."

Jen setzte sich auf die Schreibtischkante. „Diesmal fühlt es sich anders an. Elektroautos und grüne Energie waren damals nicht so populär wie heute."

„Und galten auch nicht als politisch korrekt." Sosehr sie sich auch wünschte, dass es nicht so wäre, so bildete sich doch ein Knoten in Addisons Magen angesichts der schlechten Nachrichten und des Branchenklatschs. „Hoffen wir einfach, dass die Gerüchteküche sich geirrt hat."

„Ja, hoffentlich."

So schwierig es auch war, Addison bemühte sich zu lächeln. „Wie ich schon sagte, wir haben schon Schlimmeres überstanden."

„Dein Wort in Gottes Ohr!" Jen stieß sich vom Schreibtisch ab. „Ich werde zurück in mein Büro gehen. Für den Fall, dass du recht hast und ich noch einen Job habe."

„Das ist gut", erwiderte Addison kichernd. „Bewahre dir deine positive Einstellung!"

Jen verdrehte die Augen und winkte ihr mit einem Finger. Dann ging sie davon.

Addison griff nach ihrem gespitzten Bleistift und konzentrierte sich wieder auf ihre anstehenden Aufgaben. Sie wusste, dass die Antwort direkt vor ihr lag, aber sie konnte sie einfach nicht sehen. Vielleicht war es Zeit für ein wenig frische Luft, um ihr Gehirn mit Sauerstoff zu versorgen. Zwischen ihrem Arbeitsplatz hier in der Stadt und ihrem Büro zu Hause verbrachte sie viel zu viel Zeit am Schreibtisch. Sie musste endlich aufhören, ihre Arbeit mit nach Hause zu nehmen. Mehr Zeit mit Freunden verbringen. Sich einen Film in einem richtigen Kino mit echtem Surround-Sound ansehen. Sie wagte nicht, darüber nachzudenken, wie lange es her war, dass sie eine Stunde mit jemandem verbracht hatte, der nicht auf der Gehaltsliste der Firma stand.

Sobald das Projekt abgeschlossen wäre, würde sie das tun. Aber jetzt schlenderte sie mit einer Wasserflasche in der Hand den Flur entlang und drückte auf den Aufzugsknopf. Eines der Dinge, die sie an der Arbeit in der Innenstadt von Houston zu dieser Jahreszeit liebte, war der Zugang zur Dachterrasse. Ein paar Minuten hoch über der Stadt würden ihr eine neue Perspektive bescheren.

Die Tür hinter ihr ging auf, und einer nach dem anderen verließen die Führungskräfte den Sitzungssaal. Leises Gemurmel erfüllte den schmalen Flur, das langsam zu einer erdrückenden Stille verebbte. Die Fahrstuhltür öffnete sich, und Addison war versucht zu warten, falls jemand etwas Wichtiges und hoffentlich Beruhigendes sagen würde. Aber dann überlegte sie es sich anders. Schließlich wurde sie fürs Arbeiten bezahlt und nicht fürs Lauschen.

Drei der Führungskräfte stiegen mit ihr in den Aufzug. Es herrschte Stille. Auf der Chefetage traten sie schweigend aus dem Lift. Die Knoten in Addisons Magen verdrehten sich noch mehr. Ihr Bauchgefühl sagte ihr, dass Jen recht gehabt hatte. Etwas sehr Unangenehmes war in dieser morgendlichen Besprechung vorgefallen, und wenn sie sich am Ende nicht nach einem neuen Job würde umsehen müssen, dann hieße sie nicht Addison Lynn Ray.

KAPITEL ZWEI

„Ja." Obwohl sein Bruder ihn nicht sehen konnte, nickte Kyle. „Ich hab's verstanden. Es wird nicht wieder vorkommen."

„Ist es nicht schon schlimm genug, dass wir alle jedes Mal, wenn du dich hinter das Steuer dieses Milliarden-Dollar-Autos setzt, den Atem anhalten müssen, bis das Rennen vorbei ist?" Von all seinen Brüdern hatte Craig das meiste Verständnis für Kyles Berufswahl gezeigt. Außer vielleicht heute.

„Ich sagte, ich verstehe es."

„Tust du das wirklich? Welcher Teil deines Gehirns hat sich überlegt, dass ein Sprung aus einem Flugzeug Grandmas Leben nicht um zehn Jahre verkürzen würde?"

Er wagte nicht, die Tatsache zu erwähnen, dass er schon fast so lange aus Flugzeugen sprang, wie er Rennen fuhr. Die Truppen versammelten sich, umkreisten sozusagen die Wagen, und das alles, um ihre Großmutter Lila zu schützen. „Bitte bedenkt, dass jeden Tag Tausende von Zivilisten aus Flugzeugen springen und überleben, um davon zu erzählen." Jetzt war wahrscheinlich nicht der richtige Zeitpunkt, um zu erwähnen, dass er sich überlegt hatte, in ein hiesiges Fallschirmspringergeschäft zu investieren, da es so viele Menschen gab, die gutes Geld für einen Sprung aus einem Flugzeug ausgaben. Der Himmel wusste, dass es in Süd-Zentral-Texas genug Baron-Land gab, um eine eigene Landebahn auf dem Grundstück zu errichten. Damit wäre es nicht schwer, das Geld der lebensmüden Touristen einzusacken.

„Hörst du überhaupt zu?"

„Entschuldigung. Ich war mit den Gedanken woanders."

„Wie du es schaffst, dich hinter dem Steuer deiner Rennwagen zu konzentrieren, ist mir ein Rätsel." Verzweiflung triefte von jedem von Craigs Worten. „Wann bist du da?"

„Bald. Noch dreißig Minuten, und du kannst mich persönlich anschreien."

Daraufhin herrschte Stille. Zum ersten Mal, seit Craig angerufen hatte. „Darfst du mit dem eingegipsten Arm überhaupt fahren?"

„Ich sitze in Eves Auto. Wir haben getauscht." Seine Schwester war eine ausgezeichnete Fahrerin und durchaus in der Lage, mit einem Schaltgetriebe umzugehen, bevorzugte aber den Komfort einer luxuriösen Automatik.

„Du lässt Eve den Aston fahren?" Der verärgerte Ton wurde nun von Ungläubigkeit abgelöst.

Kyle hatte noch nie jemanden sein Baby fahren lassen – bis jetzt. „Erinnere mich nicht daran!"

„O Mann! Bist du sicher, dass du dir nicht auch den Kopf angestoßen hast?"

„Hahaha. Meinem Kopf geht es gut, vielen Dank." Auf der zweispurigen Straße, die zum Land der Barons führte, tuckerte ein kleines Auto langsam vor ihm her. Das war der einzige Nachteil von Landstraßen und Stadtfahrern. Die Einheimischen konnten die Kurven mit einer respektablen Geschwindigkeit nehmen, solange keine Kühe auf der Straße herumliefen. Alles, was Kyle wollte, war, die Ranch zu erreichen, frische Luft einzuatmen und etwas von Hazels köstlicher Limonade zu trinken. Vielleicht noch ein paar Aspirin dazu. Aber nur, wenn der langsame Typ vor ihm jemals das Gaspedal finden würde.

Wie waren die Leute vor der Erfindung von Navis nur zurechtgekommen? Vor einiger Zeit hatte Addisons Handy ihr eine Umleitung angezeigt. Sie hätte den Hinweis beinahe ignoriert, aber als sie dann die Ausfahrt genommen hatte, gerade, als die Autos vor ihr rote Bremslichter hatten aufblitzen lassen, war sie froh gewesen, dass sie die neue Route befolgt hatte. Von der Seitenstraße aus, auf der sie sich befand, konnte sie den Highway nicht weit neben sich sehen – und den Parkplatz, zu dem er in Richtung Norden geworden war. Wenn sie nicht abgebogen wäre, wäre sie dort für wer weiß wie lange festgesessen.

Obwohl sie den Stau umfuhr, würde der kleine Umweg sie zwanzig Minuten später als erwartet zu ihrer Mutter bringen. Das war wesentlich besser als Stunden. Für lausige zwanzig Minuten würde sie sich nicht die Mühe machen, ihre Mutter anzurufen, zumal in den nächsten Stunden noch jede Menge weitere Verzögerungen und Umwege auftreten konnten. Wenigstens war die Aussicht von hier oben viel schöner als vom Highway aus. Sie hatte immer gewusst, dass es zwischen Houston und Nordtexas viel Weideland gab, und von Zeit zu Zeit hatte sie einen Blick auf Rinder oder Pferde erhascht, die am Rande der Autobahn weideten. Aber von dieser Straße aus hatte sie einen wunderbaren Blick auf die Hügellandschaft westlich des Highways. Daraufhin fragte sie sich, wie viel mehr dieser Bundesstaat zu bieten hatte, das sie nie zu sehen bekam.

Was sie jedoch nicht sah, waren Häuser. Kein

einziges. Hier musste doch jemand wohnen? Plötzlich war sie sehr froh, dass sie so früh losgefahren war. Sie konnte sich nicht vorstellen, wie sie diese engen Straßen mitten im Nirgendwo in der Dunkelheit bewältigt hätte. Sie schaute oft in den Rückspiegel und war überrascht, als sie in der Ferne plötzlich einen Fleck sah, der sich ihr rasch näherte. „Dieser Idiot fliegt vermutlich."

Auf dem Highway war es das Gleiche gewesen. Ab und zu war ein Raser mit zwanzig oder mehr Kilometern pro Stunde über dem Tempolimit an allen vorbeigeprescht. Als ob die Einsparung von zehn Minuten irgendeinen Unterschied machen würde!

Das Auto aus der Ferne kam immer näher. Das Einzige, was auf diesen alten Landstraßen fehlte, war der Standstreifen. Auf beiden Seiten der Straße befand sich ein schmaler Streifen aus Erde, Gras oder Schotter, aber nicht genug Platz, um anzuhalten. Sie versuchte, das Tempo ein wenig zu erhöhen, aber bei all den Kurven fühlte sie sich nicht wohl dabei, schneller zu fahren, und sie hatte keinen Zweifel daran, dass eine leicht erhöhte Geschwindigkeit keinen Unterschied machen würde. Der Wagen kam immer näher, und ihr Griff um das Lenkrad wurde fast ebenso schnell fester.

Wenigstens hatte der Fahrer Manieren. Er signalisierte, dass er nach links fahren wollte. Da es keine Überholspur gab, sondern nur eine Fahrspur in jede Richtung, vermutete Addison, dass er sie auf dieser überholen wollte. Gut, dass sie ihn loswerden würde. Sie spannte sich an und richtete den Blick hauptsächlich auf den Rückspiegel. Das Auto kam so nah, dass sie endlich dessen Farbe erkennen konnte, und sie war sich ziemlich sicher, dass ein Mercedes-Logo auf der Motorhaube prangte. Na toll! Schnell, dumm *und* reich. Was für eine Kombination!

Wenn sie ein bisschen langsamer fahren würde,

würde er sie vielleicht noch früher überholen. Ja. Sie musste diesen Typen loswerden, bevor er mitsamt Motor auf ihrem Rücksitz landete. Sie nahm den Fuß vom Gaspedal, holte tief Luft, riss den Blick vom Rückspiegel und starrte auf die Straße vor sich. Als sie die Kuppe des kleinen Hügels fast erreicht hatte, richtete sie ihre Aufmerksamkeit wieder auf das Auto hinter ihr, das nun nahe genug war, um ihren Kofferraum zu küssen.

Erleichterung machte sich langsam in ihr breit, als das Auto nach links auf die andere Spur wechselte. Noch ein paar Minuten, dann wäre alles vorbei und sie könnte wieder die Landschaft genießen. Auf der Kuppe des Hügels behielt sie die Straße im Auge, den schwarzen Asphalt, die durchgezogene Linie zwischen den beiden Fahrspuren und, o mein Gott, den riesigen Lastwagen, der auf sie zukam!

„Verdammter Mist!" Kyle ließ das Handy fallen und zog kräftig am Lenkrad. Der Mercedes fuhr sich nicht wie sein Aston, und er wünschte sich sehnlichst, er hätte zwei heile Arme und ein Schaltgetriebe. Ihm blieb nichts anderes übrig, als Gas zu geben und zu beten, dass er nicht die Kontrolle verlor. Als der Lastwagen nur um Zentimeter an ihm vorbeifuhr, fragte sich Kyle tatsächlich, ob ihm nicht langsam die Leben ausgingen.

Er schaute kurz in den Rückspiegel, aber wo zum Teufel war das Auto? „O Mist!" Der Kleinwagen, den er überholt hatte, war nirgends zu sehen. Aber dort, wo er hätte sein sollen, wehte jetzt eine riesige Staubwolke. „Verdammt!"

Er machte eine schnelle 180-Grad-Wende, gab so viel Gas, wie er sich traute, und raste die paar Meter hinunter zu der Stelle, an der das Auto hätte stehen sollen. Das hier war gar nicht gut. Und schlimmer noch, sein Bruder war am anderen Ende der Leitung. Kyle konnte Craigs gedämpfte Stimme hören, die nach ihm rief. Er hatte keine Zeit, nach dem Telefon zu suchen. „Es hat einen kleinen Zwischenfall gegeben!", rief er ins Auto. „Ich rufe dich gleich zurück!" Er hoffte, dass sein Bruder ihn hatte hören können. Wenn er während seines Aufenthalts hier weiterhin andere Autos benutzen würde, musste er daran denken, sein Handy mit der Anlage zu verbinden. Das Telefonieren während der Fahrt mit dem Ding auf seinem Schoß war für die Katz.

Als er in der Staubwolke zum Stehen kam, sprang er so schnell er konnte aus seinem Wagen und wünschte sich, Mercedes würde Autos ohne Türen bauen, wie seine Rennwagen. Er rannte in vollem Galopp. Nur ein Teil der Wolke war Staub, der Rest war Rauch. „Verdammt!"

Froh darüber, dass er sich nur am Arm und nicht an den Beinen verletzt hatte, erreichte er das Auto und seufzte erleichtert, als sich die Tür auf der Fahrerseite langsam öffnete. Er streckte seinen gesunden Arm nach dem Griff aus und zog sie ganz auf.

Große braune Augen unter langen, dichten Wimpern blinzelten zu ihm auf. „Was zum Teufel haben Sie sich dabei gedacht?"

„Ich habe den LKW nicht gesehen." Kyle hielt ihr seine unverletzte Hand hin. „Geht es Ihnen gut? Haben Sie sich verletzt?"

Während sie einen Fuß aus der Tür streckte, hielt sie inne, als hätte sie sich nicht bereits vergewissert, ob es ihr gut ginge.

„Brauchen Sie Hilfe?" Seine Hand blieb vor ihr ausgestreckt.

Sie sah ihn verwirrt an, hob die Brauen und schlug

gegen seine Hand. „Danke, Sie haben schon genug angerichtet!"

Wenigstens hörte sie sich nicht an, als hätte sie eine Gehirnerschütterung. Natürlich spielte das in der realen Welt keine große Rolle. „Bewegen Sie sich nicht zu schnell. Sind Sie sicher, dass nichts verletzt ist?"

Ihre großen braunen Augen wurden fast schwarz, während sie die Lippen fest aufeinanderpresste und sich mit einem Ruck auf die Füße stellte. „Es geht mir gut." Als sie sich umdrehte und auf den Wagen hinter sich blickte, sackten ihre Schultern sofort wieder zusammen. „Meinem Auto allerdings nicht."

Er untersuchte sie noch immer auf Anzeichen von Schwindel, Gleichgewichtsproblemen, Blutergüssen oder Übelkeit. Als er sich davon überzeugt hatte, dass es ihr äußerlich gut ging, wandte er den Blick von ihr ab, um das Auto zu betrachten. Abgesehen von dem hohen Baum, der ihre Rutschpartie gestoppt und sich in der Beifahrerstoßstange verkeilt hatte, war es in einem ziemlich guten Zustand. „Wird es anspringen?"

„Was?" Jetzt zog sie die Stirn in Falten und starrte ihn an, als hätte er in altphönizischer Sprache zu ihr gesprochen.

„Wird der Motor anspringen?"

„Was soll das bringen, wenn dieser Baum aus meinem Vorderreifen wächst?"

„Wie bitte?"

Verärgert setzte sie sich wieder hin und umfasste den Schlüssel. „Wenn ich uns in die Luft jage, können *Sie* meiner Mutter erzählen, dass das alles Ihre Schuld war."

Er verbiss sich ein Lächeln und nickte. „Abgemacht."

Langsam drehte sie den Schlüssel, und der Motor heulte auf.

„Gut." Er zeigte sein liebenswürdigstes Lächeln,

mit dem er normalerweise alles bekam, was er wollte. Aber ihrem tiefen Stirnrunzeln nach zu urteilen, funktionierte es bei ihr nicht. „Geben Sie mir bitte eine Minute!"

Er ging zu Eves Auto und holte sein Telefon aus dem Fußraum. Dann eilte er zurück zu der Frau, drückte die Kurzwahltaste seines Handys und wartete darauf, dass die entsprechende Person ranging.

„Rufen Sie einen Krankenwagen?"

Er schüttelte den Kopf. „Meinen Großvater."

„Sollten wir nicht die Polizei rufen?" Das Stirnrunzeln wurde noch tiefer, als sie sich zu ihrem Auto umdrehte.

„Sir. Ich hatte einen kleinen Zwischenfall."

„Nicht schon wieder! Ist auch die andere Hand verletzt?", ertönte die schroffe Stimme aus dem Lautsprecher.

„Meiner anderen Hand geht es gut, aber Mack soll bitte einen Abschleppwagen schicken. Es gab einen Unfall, und wir müssen einen Kotflügel und vermutlich auch einen Reifen reparieren."

„Eves Auto?"

„Nein." Er schüttelte den Kopf, als ob sein Großvater ihn sehen könnte, und hielt das Handy weg von seinem Ohr. „Entschuldigung, wie heißen Sie?"

„Addison."

„Schön, Sie kennenzulernen. Ich bin Kyle." Er wartete nicht auf ihre Antwort, sondern hielt sich das Telefon wieder ans Ohr. „Addison ist von der Straße abgekommen. Wir sind etwa fünf Meilen südlich vom Haupttor. Würdest du bitte Mack herschicken?" Er ließ das Handy in seine Tasche fallen und setzte wieder sein breitestes Grinsen auf. „Also, Addison. Was führt Sie auf diese einsame Straße?"

KAPITEL DREI

Wie sie sich von diesem Fremden hatte überreden lassen können, mit ihm zu Mittag zu essen, war ihr ein Rätsel. Gerade hatte Addison noch neben dem Auto gestanden, aufgeregt, nachdem sie von dem rasenden Verrückten praktisch von der Straße gedrängt worden war. Dann hatten ein großer, gut aussehender Cowboy und ein krummbeiniger alter Mann vor ihnen angehalten, die beide nicht erfreuter über den Fahrer zu sein schienen als sie. Und jetzt saß sie auf der Beifahrerseite des schnittigen Mercedes.

„Mein Bruder kann ein bisschen anmaßend sein, aber er ist eigentlich ein Weichei."

Das war nicht das erste Wort, das ihr in den Sinn gekommen war. Die beiden Brüder waren etwa gleich groß und hatten gewelltes kastanienbraunes Haar, das kurz über dem Kragen geschnitten war. Gepflegt, aber nicht langweilig. Gerade so viel Haar, dass eine Frau mit den Fingern hindurchfahren konnte. Nicht, dass sie vorhatte, mit den Fingern durch das Haar von Kyle oder seinem Bruder zu fahren – weder jetzt noch irgendwann in der Zukunft.

Es hatte nicht lange gedauert, bis sie die ruhigen Landstraßen hinter sich gelassen und sich auf einer Straße wiedergefunden hatten, von der Addison vermutete, dass es sich um eine Hauptstraße in diesem Teil des Bezirks handelte. Da sie in einer eher ländlichen Gegend von Nordtexas aufgewachsen war, war der Gedanke an eine Kleinstadt für Addison nicht neu, aber dennoch war diese nicht ganz ihr Element.

„Ich fürchte, dass es in der Nähe nicht viel zu essen gibt, aber *Willa's Café* ist sauber, geräumig, und die Hausmannskost lässt die Leute immer wieder kommen, seit ich denken kann." Der Mercedes bog auf den Parkplatz auf der anderen Seite des Highways in Richtung Norden ein.

„Vielleicht", erwiderte sie, ohne den Gurt zu lösen, „sollten wir einfach in die Werkstatt fahren und sehen, was er zu meinem Auto sagt."

Kyle schüttelte den Kopf und fuhr auf einen leeren Platz direkt vor den Doppeltüren. „Das haben wir doch schon besprochen. Die Reparatur dauert keine fünf Minuten, und wir können ohnehin nichts tun, während Mack und seine Jungs daran arbeiten."

Ja, das hatten sie besprochen. Sogar der Bruder, der alles andere als erfreut über Kyle gewesen war, hatte gesagt, dass sie nichts anderes tun könnten, als zu warten, und das konnten sie genauso gut bei einem guten Essen tun. Allerdings war sie nicht hungrig. Ihr Magen drehte sich immer noch, und ihr war übel. Als sich der Staub des spontan anberaumten Führungskräfte-Meetings vom Vortag gelegt hatte, war sie nicht sonderlich überrascht gewesen, dass Jen recht gehabt hatte. Das Beil der Entlassung war nicht nur bei Jennifer und Addison, sondern der Hälfte ihrer Abteilung niedergegangen. Wenigstens war das Ganze mit einer netten Abfindung und hervorragenden Referenzen verbunden gewesen. Beides verschaffte ihr ein wenig Zeit, um sich ihren nächsten Schritt zu überlegen, einen neuen Job zu finden – und zu akzeptieren, dass es vielleicht an der Zeit war, aus dem unbeständigen Öl- und Gasgeschäft auszusteigen. In der Zwischenzeit hatte sie einen entspannenden, langen

Besuch bei ihrer Mutter haben wollen. Wie lange, hing von ihrer Arbeitssuche ab und davon, ob sie sich gegenseitig auf die Nerven gingen, wie es bei Müttern und Töchtern oft der Fall war. Hoffentlich war der heutige Vorfall nicht bezeichnend für den Rest ihres Aufenthalts.

„Na, das ist ja eine schöne Überraschung!", rief ein kräftiger Mann in weißer Schürze aus dem zur Küche hin offenen Fenster.

Kyle lächelte und winkte ihm zu. „Hey, Fred! Ich schaue immer gerne vorbei, wenn ich kann. Was meinst du, hast du heute etwas für mich?" Mit seiner heilen Hand auf ihrem Rücken stupste Kyle Addison in Richtung des Torbogens zu einem großen Essbereich.

„Ja, und alles ist frisch."

„Ist es immer." Kyles Grinsen wurde breiter.

„Aber du solltest Mamas Pastete probieren. Die ist der Hit!"

„Rinderbrustpastete?", flüsterte Addison ihm zu.

„Ja, mit geräucherter Rinderbrust anstelle von Rinderhackfleisch. Eines von Willas berühmten Rezepten."

„Ah!" Sie nickte und folgte ihm durch den großen Speisesaal.

Das Geräusch von Holzstühlen, die über den Fliesenboden schrammten, hallte in dem großen Raum wider, als sich ein großer, kräftiger Mann aufrichtete und seine Hand in Kyles Richtung ausstreckte. „Ich habe gehört, dass du ein paar Wochen im Zirkus fehlen wirst. Verbringst du sie mit dem Gouverneur?"

Gouverneur? Addison hatte das Bedürfnis, sich ein wenig aufzurichten. Bestimmt meinte er nicht den Gouverneur von Texas, oder?

Kyle nickte. „Ich darf keine Gelegenheit verpassen, Zeit mit Grandma und dem Gouverneur zu verbringen."

Für einen kurzen Moment fragte sie sich, ob Kyles

Großvater vielleicht Brite und Gouverneur nur ein Spitzname war. Immerhin war der derzeitige Gouverneur von Texas nicht alt genug, um Kyles Großvater sein zu können.

Die beiden Männer unterhielten sich ein paar Minuten lang über Dinge, die sie nicht ganz verstand. Es würde noch ein wenig dauern, bis sie den Ecktisch erreichten, da Kyle alle paar Meter anhielt, um die Einheimischen zu begrüßen. Alle schienen sich genötigt zu sehen, seinen unerwarteten Besuch, seine Abwesenheit von der Rennstrecke – was auch immer das bedeuten mochte – und seine verletzte Hand zu erwähnen. Sie wartete darauf, dass jemand etwas über den Zirkus erläuterte, aber anscheinend kannte ihn jeder in diesem Lokal und hatte kein Interesse daran, es für sie zu erklären.

Als sie sich endlich an den Tisch gesetzt hatten, blieben immer mehr Leute stehen, um ihn zu begrüßen. Die meisten schienen wirklich überrascht und erfreut zu sein, ihn zu sehen; so sehr, dass sie sich vorkam, als würde sie mit dem verlorenen Sohn zu Mittag essen.

„Sie scheinen ziemlich beliebt zu sein." Sie nahm die Papierserviette vom Tisch und breitete sie auf ihrem Schoß aus.

„Das ist eine kleine Stadt. Jeder kennt jeden." Er griff nach der Speisekarte, die nur aus einer Seite bestand. „Als ich ein Kind war, verbrachten meine Geschwister, Cousins und Cousinen im Sommer genauso viel Zeit auf der Ranch meiner Großeltern wie bei uns zu Hause. Jetzt, wo wir alle erwachsen sind, sind wir nicht mehr so oft dort, wie wir sollten oder gerne würden, und wir sehen auch nicht mehr viele Leute aus der Stadt. Wenn wir dann doch mal wieder hier sind, sind sie froh, uns zu sehen."

„Ich verstehe." Sie studierte die Speisekarte und versuchte gleichzeitig, den Mann zu enträtseln, der ihr gegenübersaß. Es gab keinen Grund zu bezweifeln, was er gerade über Kleinstädte gesagt hatte, in denen jeder jeden kannte. Der Himmel wusste, dass das auch für den Ort, in dem sie aufgewachsen war, galt. Aber dennoch hatte sie das Gefühl, dass hinter der Geschichte mehr steckte als neugierige Nachbarn, die ihre Nase in jedermanns Angelegenheiten steckten. Oder vielleicht machte ihre Fantasie auch einfach Überstunden.

Kyle war sich sicher, dass jeder andere inzwischen zwei und zwei zusammengezählt und herausgefunden hätte, dass er nicht nur ein Baron war, sondern auch noch ein von den Medien geliebter Baron. Aber offenbar hatte Addison wirklich keine Ahnung, wer er war. „Sehen Sie etwas, das Ihnen gefällt?"

„Ich sehe eine Menge Dinge, die ich gerne probieren würde, aber die Pastete hat mein Interesse geweckt."

„Sie ist köstlich."

„Klingt so, als wäre alles lecker."

„Was essen Sie gerne?"

„Alles, was Fleisch enthält. Ich bin durch und durch eine Fleischfresserin."

Das brachte Kyle zum Schmunzeln. Nicht viele Frauen waren bereit zuzugeben, dass sie ein gutes Steak einem gesunden Salat vorzogen. „Eines würde ich gerne noch wissen."

Sie neigte den Kopf zur Seite und begegnete seinem Blick. „Was denn?"

„Was hat Sie auf die Landstraße geführt, auf der wir uns kennengelernt haben?"

„Kennengelernt?" Sie lächelte. „So könnte man es

auch ausdrücken.“

Sie hatte ein schönes Lächeln. Er war froh, dass er es sehen konnte. Wenn man bedachte, wie aufgewühlt sie war – und das zu Recht –, nachdem sie von der Straße abgekommen war, und wie steif auf der kurzen Fahrt zum Café, war er beinahe überrascht, sie entspannt und lächeln zu sehen. „Also, was führt Sie in diese Gegend?“

„Ich bin auf dem Weg zu meiner Mutter für einen kurzen Besuch.“

„Sie wohnen also nicht hier in der Gegend.“ Er legte seine Speisekarte nieder. Er hatte eigentlich gar nicht nachsehen müssen, was es gab. Jeder, der aus dieser Gegend stammte, kannte die Speisekarte auswendig, und heute hatte er sofort gewusst, was er essen würde, als Fred die Pastete erwähnt hatte.

Sie schüttelte den Kopf. „Wir sind ungefähr auf halbem Weg zwischen meiner Mutter und dem Ort, an dem ich außerhalb von Houston lebe. Zumindest noch.“

„Noch?“

Sie seufzte tief, und zum ersten Mal, seit er sie von der Straße gedrängt hatte, hatte er den Eindruck, dass in Addisons Welt mehr nicht stimmte als sein ungeduldiger Fahrstil. Ihr Blick fiel auf das Besteck zwischen ihren Fingerspitzen. „Ich überlege, ein paar Veränderungen in meinem Leben vorzunehmen.“

Beinahe hätte er gefragt, was für Veränderungen, entschied sich dann aber dafür, zu schweigen und sie reden zu lassen, was ihm wahrscheinlich mehr Antworten geben würde.

„Es sieht so aus, als wäre ich mit einem unerwarteten Urlaub gesegnet worden.“

Mit anderen Worten: Sie hat gerade ihren Job verloren. „Was machen Sie denn beruflich?“

„Ich bin Maschinenbauingenieurin.“

Beeindruckend. Vielleicht ein wenig chauvinistisch

von ihm, aber das war nicht die Antwort, die er erwartet hatte. Wenn man zwei und zwei zusammenzählte, war es leicht, Schlussfolgerungen zu ziehen. „Öl und Gas?“

Sie nickte.

Man musste kein Genie sein, um die Unbeständigkeit dieser Branche zu erkennen. Die Skyline von Houston war gespickt mit großen und kleinen Unternehmen, die im Ölgeschäft ein Vermögen gemacht und wieder verloren hatten. Er war versucht zu fragen, warum sie keinen Job mehr hatte, aber das ging ihn wirklich nichts an.

In diesem Moment kam eine kaugummikauende Kellnerin, die er nicht kannte, an ihren Tisch und stellte zwei Gläser Wasser vor sie hin. „Wissen Sie schon, was Sie möchten? Oder brauchen Sie mehr Zeit?“

Er neigte das Kinn in Addisons Richtung. „Bereit?“

„Ja. Ich nehme die Rinderpastete und den Salat mit Blauschimmelkäse-Dressing.“

„Ich nehme das Gleiche.“

„Gut. Ich bringe es Ihnen gleich.“

Er wartete, bis die junge Kellnerin außer Hörweite war. „Haben Sie schon Pläne?“

Ein aufrichtiges Lächeln breitete sich auf ihrem Gesicht aus. „Ja. Als ich ein Kind war, habe ich viel Zeit in unserem Tierheim verbracht. Dort werden immer Freiwillige gebraucht. Ich liebe meine Mutter, aber rund um die Uhr mit ihr zusammen zu sein, ist nicht immer leicht. Ich dachte, ich helfe im Tierheim aus, bis ich weiß, was ich als Nächstes mache.“

Er brauchte nicht zu wissen, unter welchen Umständen sie ihren Job verloren hatte, er hielt sich für einen ausgezeichneten Menschenkenner, und das Wenige, das er über Addison erfahren hatte, sagte ihm, dass sie mehr als nur einen guten Charakter hatte. „Bewundernswert.“

Sie zuckte träge mit einer Schulter und lächelte ihn weiter an. Ein sehr nettes Lächeln. „Das ist gar nicht so bewundernswert. Ich liebe es, mit Tieren umzugehen. Das einzige Problem ist natürlich, dass ich sie alle mit nach Hause nehmen möchte."

„Ich nehme an, das kam bei Ihren Eltern nicht gut an."

„Mein Vater starb, als ich noch ein kleines Mädchen war, und auch wenn meine Mutter nichts dagegen hatte, als ich einen Schäferhundwelpen mit nach Hause brachte, der mit der Flasche gefüttert werden musste, hat sie ein Machtwort gesprochen, als ich das erste Mal mit einer Kiste voller Kätzchen nach Hause kam."

„Oh, darauf wette ich!" Er wollte gar nicht daran denken, wie *seine* Mutter reagiert hätte. Obwohl es auf der Ranch viele Tiere gab, war ihr Haus in Houston gerade groß genug für die fünf Kinder und einen Hund gewesen. Bei mehr hätte seine Mutter einen Schlaganfall erlitten. Es gab jedoch eine Sache, gegen die seine Mutter sicher nichts einzuwenden gehabt hätte. Ein nettes Mädchen wie Addison Ray nach Hause zu bringen. Selbst wenn sie arbeitslos war. „Haben Sie auch langfristige Pläne?"

Sie schüttelte den Kopf. „Momentan hoffe ich, dass eine Woche, in der ich mich entspannen, mit Mom abhängen und mit den Tieren im Tierheim spielen kann, mir eine Perspektive geben wird."

Jetzt war wahrscheinlich nicht der richtige Zeitpunkt, um seinen Senf dazuzugeben und zu erwähnen, dass eine berufliche Perspektive völlig überbewertet werden konnte. Natürlich hätte das aus seinem Mund nicht viel zu bedeuten, da er selbst seinen Lebensunterhalt damit verdiente, Spaß zu haben.

Da es eine Weile dauern würde, ihr Auto reparieren zu lassen, ließen sie sich beim Mittagessen ausgiebig Zeit zu plaudern. In mancher Hinsicht erinnerte sie ihn an seine Schwester. Klug, kompetent – auch wenn ihr Chef das offenbar nicht so gesehen hatte – und mit dem Hang, ab und zu in den Schweigemodus zu wechseln. Er war schwer versucht, sie zum Essen einzuladen. Ein richtiges Abendessen mit Stoffservietten und einem französischen Koch. Aber sie war viel zu gut für ihn, keine Frage. Das war ihm klar gewesen, noch bevor sie einen Fuß in sein Auto gesetzt hatte, und es war definitiv klüger, ihr ihren reparierten Wagen zurückzugeben und sich aus dem Staub zu machen. Allerdings könnten ein paar seiner Geschwister ihm dann vorwerfen, dass er dumm gehandelt hatte.

KAPITEL VIER

„**D**u bist heute Morgen ganz schön früh aufgestanden." Kyles Großmutter saß an einem Ende des Frühstückstischs, lächelte sanft und hielt ihm ihre Wange hin, in Erwartung eines Kusses.

Als Kinder waren sie oft Schlange gestanden, um von ihrer Großmutter umarmt und geküsst zu werden. Sie hatte es verstanden, jedem das Gefühl zu geben, ihr Lieblingsenkel zu sein, ohne es direkt zu sagen. Wenn er mit ihr in einem Raum war, fühlte sich Kyle immer noch wie ein sicheres, zufriedenes kleines Kind, das sich in der Liebe sonnte, die diese Frau ihm gern schenkte. Für ihn war seine Großmutter der Inbegriff von bedingungsloser Liebe.

„Hazel hat heute Morgen Blaubeerpfannkuchen gemacht."

Sein Lieblingsfrühstück. Nicht die, die aus der Packung kamen, sondern die selbstgemachten, federleichten, köstlichen. „Klingt wunderbar."

„Du weißt, dass sie sie nur für dich gemacht hat." Eve lächelte zu ihm hoch. Seit sein Manager sie angerufen hatte, um ihr mitzuteilen, dass ihr leichtsinniger Bruder aus einem Flugzeug gesprungen war und sich das Handgelenk gebrochen hatte, hatte sie sich entschieden, ebenfalls auf der Familienranch zu bleiben. Wahrscheinlich, um sicherzugehen, dass er keine Dummheiten anstellte und sich tatsächlich umbrachte. Sie war sehr überfürsorglich, und er liebte sie dafür heiß und innig.

„Guten Morgen!" Craig blickte von dem Stuhl neben ihrer Schwester auf. „Hätte nicht erwartet, dich so früh am Tag zu sehen."

Wie früh war es? Er drehte sein gesundes Handgelenk und schaute auf seine neumodische Uhr, die alles außer seiner Blutgruppe anzeigte.

„Mitch und Devlin sind unten bei den Ställen." Sein Bruder Craig trug Jeans und ein einfaches Baumwollshirt mit Knöpfen, offensichtlich wollte er sich ihnen anschließen. „Ein paar Arbeiter haben sich einen Virus eingefangen, also haben wir dem Gouverneur gesagt, wir würden heute einspringen."

Kyle nickte. „Lass mich nur schnell ein paar von diesen Pfannkuchen runterschaufeln. Natürlich nur, um Hazels Gefühle nicht zu verletzen."

„Na klar." Eve lachte leise.

„Dann komme ich runter und leiste euch Gesellschaft." Er griff nach der silbernen Kaffeekanne.

„Nicht nötig." Craig schüttelte den Kopf. „Wir haben das im Griff, und du hast nur eine intakte Hand."

„Mit der anderen kann man noch viel machen."

Eve streckte einen Arm aus und tätschelte seine Hand. „Es ist in Ordnung, wenn du dich noch ein bisschen ausruhst. Die anderen schaffen das schon."

Der Ausdruck in ihren Augen versetzte ihm einen Stich. Wenn er hinter dem Steuer eines seiner Meinung nach äußerst sicheren Autos saß, dachte er nie daran, was seine Familie durchmachte, die ihn von der Tribüne oder im Fernsehen von ihrem Wohnzimmer aus beobachtete. Wenn er bei jedem Rennen dieses Bild im Kopf gehabt hätte, wäre er vielleicht in einer anderen beruflichen Laufbahn gelandet. „Ich hab dich lieb."

Das rhythmische Klopfen des Stocks seines Großvaters ertönte aus dem Flur, und seine Anweisungen an Jeeves erreichten sie wenige Sekunden, bevor der alte Mann durch die Tür trat. „Es ist gut, dass so viele Jungs wieder zusammenarbeiten."

Grandma lächelte ihren langjährigen Ehemann an. „Chase hat angerufen, und wenn er und C.J. früh wegkönnen, kommen sie heute, um zu helfen. Ansonsten sind sie morgen zum Sonntagsessen hier."

Der Gouverneur nickte. Seine Miene war meist ausdruckslos, aber wer ihn gut kannte, sah das erfreute Funkeln in seinen Augen. Praktisch vom ersten Moment an, als er C.J. vor fast einem Jahr kennengelernt hatte, hatte der Gouverneur Gefallen an der ehemaligen Marineschwester gefunden, auch wenn der alte Mann bis heute nicht wusste, dass Chase versucht hatte, ihn hinters Licht zu führen. Er gab seiner Frau einen vorsichtigen Kuss auf die Wange und drückte kurz ihre Hand, dann nahm sein Großvater am anderen Ende des langen Tischs Platz. „Ein weiteres Kalb wurde abgelehnt."

„Oh, wie traurig." Lila Baron stellte ihre Teetasse aus Porzellan auf die Untertasse. „Ich frage mich, warum es dieses Jahr so viele sind."

„Mutter Natur kann launisch sein." Der Gouverneur goss dampfenden Kaffee in einen großen Becher, auf dem auf beiden Seiten „Semper Fi" prangte. „Wäre Mitch nicht in die Politik gegangen, wäre er ein guter Rancher geworden."

Lila nickte. „Er ist sehr sensibel."

„Es hat nicht lange gedauert, bis er eine andere Kuh, die ihr Kalb verloren hat, dazu gebracht hat, sich dieses anzunehmen, als wäre es ihr eigenes. Mitch hat einfach ein gutes Händchen."

„Das hat er." Die Großmutter trank langsam von ihrem Tee.

„Also", der Gouverneur griff nach einem Croissant,

„wie geht es deinem Handgelenk?"

Wenn man bedachte, dass es weniger als eine Woche her war, dass Kyle über den Badezimmerboden gerutscht war, war es nicht viel anders, als wenn sein Großvater ihn bei seiner Ankunft vor ein paar Tagen danach gefragt hätte. „Es wird besser."

„Hm", machte der alte Mann.

„Ich glaube, ich gehe zum Stall und sehe nach den neuen Kälbern." Eve tupfte sich mit ihrer Serviette die Mundwinkel ab und stand vom Tisch auf. In Jeans und ihren rosa Lieblingsstiefeln sah sie aus wie eine ganz normale Rancherin. Dieses Outfit war weit entfernt von der Kleidung, die sie normalerweise trug und die einem Modemagazin würdig war.

„Pass auf, dass deine Brüder und dein Cousin keinen Ärger kriegen!", neckte Lila Baron ihre Enkelin.

„Keine Sorge. Ich hatte die meiste Zeit meines Lebens die Zügel in der Hand."

„Gutes Mädchen!" Ihre Großmutter zwinkerte ihr zu.

Ihr Großvater sah seiner Enkelin nach, bis sie außer Sichtweite war. „Das ergibt keinen Sinn."

„Nein, tut es nicht, Liebes."

Eines der vielen Dinge, die die jüngere Generation der Barons sowohl faszinierte als auch frustrierte, war, dass die beiden Ältesten immer zu wissen schienen, wovon der jeweils andere sprach. Manchmal auch ohne Worte. Doch dieses Mal konnte Kyle sich gut vorstellen, dass es sich bei dem Gespräch um dasselbe Thema handelte, das seinen Bruder Chase dazu gebracht hatte, ein falsches Date für die Hochzeit seines Cousins Andrew anzuheuern. Alles, um zu vermeiden, dass ihr Großvater über ihr Liebesleben oder, genauer gesagt, über ihr fehlendes Eheglück sprach. Obwohl sie die Messlatte furchtbar hoch gelegt hatten, waren der Gouverneur und Grandma eher eine

Inspiration als eine Abschreckung. Die perfekte Beziehung zu führen, war für Normalsterbliche nicht einfach.

„Vielleicht", so der Gouverneur zu Kyle, „könnte diese Auszeit eine gute Gelegenheit sein, an deinem Privatleben zu arbeiten."

„Mein Privatleben ist so weit gut, vielen Dank."

„*Einsam* scheint die treffendere Beschreibung zu sein. Ich könnte die Kessler-Schwestern diese Woche einmal zum Abendessen einladen. Es ist lange her, dass du sie gesehen hast."

Und mit Gottes Gnade würde es noch eine ganze Weile dauern, bis er sie wiedersehen musste. „Das wird nicht nötig sein, Gouverneur."

Der alte Mann verdrehte die Augen.

Das war nicht gut. Erinnerungen an den Gouverneur, der seinen Bruder während einer von Mitchs Spendenaktionen mit Prudence Van Kleins langweiligem Mauerblümchen von Tochter verkuppelt hatte, kamen ihm in den Sinn. „Um ehrlich zu sein", er räusperte sich, „habe ich jemanden kennengelernt."

Die Augen seines Großvaters weiteten sich. „Jemanden, den wir kennen?"

Kyle schüttelte den Kopf. Er bewegte sich auf einem schmalen Grat der Irreführung, aber er wollte nicht direkt lügen. „Ich habe sie selbst gerade erst kennengelernt. Sie ist sehr nett. Und klug."

„Wirklich?" Das schien das Interesse seines Großvaters zu wecken.

„Sie ist Ingenieurin. Ich glaube, sie würde dir gefallen." Nicht, dass sein Großvater sie jemals persönlich kennenlernen würde, um das selbst beurteilen zu können. Vor allem, weil sie neulich schneller weg gewesen war als eine Cartoon-Figur, nachdem Mack ihr repariertes Auto geliefert hatte. Alles, was er über sie wusste, war, dass sie ihren Job verloren hatte und ihre Mutter irgendwo südlich von Corsicana lebte. Und dass sie vorhatte, ehrenamtlich im Tierheim zu arbeiten. *Das Tierheim!* Das war eine Idee.

„Ist das nicht ein süßes Kerlchen?" Addison hielt eines der flauschigen Kätzchen hoch, die heute Morgen in einem Pappkarton vor der Haustür abgegeben worden waren. „Ich verstehe nicht, wie Menschen sie einfach aussetzen können."

„Wenigstens haben sie das dort getan, wo man sich um sie kümmert. Es gibt nichts Schlimmeres als die herzlosen Idioten, die ihre treuen Haustiere allein im Wald aussetzen und nicht in der Lage sind, sie selbst zu versorgen." Maureen, eine der jungen Freiwilligen in diesem Sommer, badete die anderen Kätzchen weiter.

„Daran will ich nicht einmal denken! Es bricht mir das Herz."

„Hast du schon mal überlegt, eine Pflegemutter für ein paar dieser Kerlchen zu werden, die kein Zuhause finden?"

„Schön wär's, aber dann hätte ich am Ende eine Wohnung voller Haustiere."

„Vielleicht kannst du deine Mutter überreden, ein oder zwei zu nehmen. Wie groß ist ihr Garten?"

„Nicht besonders groß." Addison lachte. „Vielleicht können wir sie zu einem kleinen Hund überreden. Einem ganz kleinen."

Der Teenager kicherte mit ihr, dann blickte Maureen auf einen der Monitore für die Außenkameras und stieß einen leisen Piff aus. „Oooh! Sieht aus, als hätten wir einen Besucher." Sie setzte das feuchte Kätzchen auf einem Handtuch ab. „Kannst du es abtrocknen?"

Addison nickte.

„Gut. Ich bin gleich wieder da."

Als sie die Kleinen abtrocknete, sah sie das leuchtend rote zweitürige Auto, das die Aufmerksamkeit des Teenagers auf sich gezogen hatte. Sie hatte keine Ahnung, um welche Marke es sich handelte, aber es bestand kein Zweifel, dass es sehr teuer war. Hoffentlich war der Besitzer hier, um eines der älteren Haustiere zu adoptieren, für die sich nur wenige Leute interessierten. Wäre das nicht schön?

Ein Kätzchen in ein kleines Handtuch gewickelt, blickte sie auf die Monitore, die verschiedene Ansichten des Außenbereichs und der Lobby des kleinen Tierheims zeigten. Der Mann, der aus dem Sportwagen stieg, war groß und breitschultrig. Wie die Hälfte aller Männer im texanischen Ranchland trug er die Standarduniform aus Jeans, Stiefeln und einem breitkrempigen Stetson. Es dauerte noch ein paar Minuten, während derer sie die Kätzchen trocknete und auf die Monitore starrte, bevor sie den Neuankömmling erkannte. Zumindest glaubte sie, ihn zu erkennen. Vielleicht war es aber auch nur Wunschdenken.

Je länger sie und Kyle neulich beim Mittagessen gesessen hatten, desto einfacher war das Gespräch geworden. Als der Mechaniker mit ihrem Auto zurückgekehrt war, war sie bereits ganz verknallt in den Mann gewesen, der ganz und gar nicht der hitzköpfige Raser zu sein schien, für den sie ihn gehalten hatte, als er sie versehentlich von der Straße gedrängt hatte. Schließlich war er umgekehrt, um nach ihr zu sehen. Und es war nicht gänzlich seine Schuld gewesen, dass er hatte ausscheren müssen, um dem LKW auszuweichen. Natürlich gab es keine Entschuldigung dafür, dass er versucht hatte, sie auf einem unübersichtlichen Hügel zu überholen, aber niemand war perfekt. Sie legte den Schalter auf dem Armaturenbrett um, machte die Lautsprecher an und hörte dem Gespräch zu.

„Willkommen im *Happy Paws Shelter*", sagte Maureen, grinste breit und zeigte dabei ihre Zahnspange. Auch wenn sie noch jung war, so legte sie doch so viel Enthusiasmus an den Tag, dass sie eine der besten Freiwilligen des Tierheims war. Wenn jemand einem hartgesottenen Junggesellen ein Haustier aufschwatzen konnte, dann sie.

„Danke." Er sah sich entspannt um, schaute ihr über die Schulter und dann wieder zu den kleinen Käfigen, die im Eingangsbereich aufgestellt waren, um allen Leuten, die hereinkamen, Tiere zur Adoption anzudrehen, ob sie das nun wollten oder nicht. Sein Blick schien einen Moment länger auf dem Gehege mit ein paar Border-Collie-Welpen und einer übergroßen Hündin zu verweilen, die als Ersatzmutter gedient hatte.

„Sie sind entzückend, nicht wahr?" Maureen eilte zu dem Käfig und nahm einen der Welpen sofort in die Arme. „Wir versuchen, ihnen keine Namen zu geben, aber manchmal können wir nicht widerstehen. Das hier ist Pepper."

Kyle nickte dem Welpen zu. „Sehr niedlich."

„Möchten Sie ihn halten?" Bevor Kyle ihre Frage überhaupt verarbeiten konnte, ließ Maureen das Fellknäuel in seine Arme fallen. „Er scheint sehr sozial zu sein und ist zumindest zum Teil ein Border Collie. Eine sehr intelligente Rasse."

Als würde er ihre Erklärung bestätigen, legte der Welpe seine Vorderpfoten auf Kyles Brust und leckte ihm das Kinn.

„Er mag Sie." Der Teenager trat einen Schritt zurück. Ein subtiler Zug, um ihm den Welpen näherzubringen. Das Mädchen war gut. Und der arme Kyle schien nicht zu wissen, was er als Nächstes tun sollte.

Das zögerliche Lächeln, das sich auf seinem Gesicht ausbreitete, bestätigte, was Addison bereits vermutet hatte – Kyle hatte eine sanfte Seite, die sie gerne kennenlernen würde. Im Moment war das Mindeste, was sie tun konnte, in den Eingangsbereich zu gehen und ihn zu retten, bevor Maureen ihn mit so vielen Tieren nach Hause fahren ließ, wie in den schnittigen Sportwagen passten.

Nachdem sie die Kätzchen in einer Kiste untergebracht hatte, machte sie sich auf den Weg in die Lobby. Kyle jonglierte den zappelnden Welpen auf seinem Gipsarm, kratzte ihn mit seiner heilen Hand hinter den Ohren und lachte aus vollem Herzen. Irgendwie sah er sogar noch besser aus als an dem Tag, an dem sie ihn kennengelernt hatte. „Hallo."

Er drehte den Kopf, drückte den Welpen fester an sich, um ihn sicherer zu halten, und räusperte sich. „Hallo."

Maureen blickte von einem zum anderen, runzelte kurz die Stirn und trat dann achselzuckend einen Schritt zurück. „Ich habe noch zu tun. Übernimmst du?"

„Ja, ich mache das schon." Addison nickte.

Sie warteten, bis Maureen die Lobby verlassen hatte.

„Sieht aus, als hätten Sie einen neuen Freund." Sie trat vor und kraulte den Kopf des Welpen.

„Er ist süß. Aber nicht angemessen für einen Mann, der viel reist und wenn er zu Hause ist, auf einem Boot lebt." Langsam setzte Kyle den Welpen zu den anderen Hunden in den Käfig zurück.

„Ein Boot hier in der Gegend?"

Er schüttelte den Kopf. „Nein. Ich besuche meine Großeltern."

Kyle war wahrscheinlich der erste und einzige Mensch, den sie kannte, der tatsächlich auf einem Hausboot lebte. Sie war sich nicht sicher, was sie davon halten sollte, aber für einen Mann, der in seinem Leben – oder auf seinem Boot – keinen Platz für einen Hund hatte, sah er den Welpen ganz schön liebevoll an, wie eine Mutter, die sich am ersten Tag des Kindergartens versicherte, dass ihr Kind gut zurechtkommen würde.

„Also, was führt Sie dann hierher? Wäre ein Kätzchen praktischer?"

„Umgeben von Wasser? Das bezweifle ich." Er lachte und schüttelte den Kopf, dann legte er eine Hand auf seinen Nacken und ließ sie dort. „Ich, äh, habe über neulich nachgedacht und über alles, was ich Ihnen angetan habe."

Sie nickte, ohne jedoch zu wissen, worauf er hinauswollte.

„Ich habe beschlossen, dass ein kleines Mittagessen nicht als Entschuldigung ausreicht."

„Nicht?" Dass er für alle Reparaturen aufgekommen war, fand sie nicht nur angemessen, sondern auch großzügig. Dennoch fragte sie sich, was er noch vorhatte.

„Wenn Sie hier fertig sind und etwas Zeit haben, würde ich mich gerne noch einmal bei Ihnen bedanken. Vielleicht bei einem richtigen Abendessen?"

Als ob das gemeinsame Mittagessen keine Nahrungsaufnahme gewesen wäre. „Ich habe möglicherweise etwas Zeit."

Kyle lächelte sie strahlend an, und erst in dieser Sekunde, als er seine Hand wieder fallen ließ, wurde ihr klar, wie nervös er gewesen war, als er sie um ein Date gebeten hatte. War das nicht ein weiterer Beweis dafür, dass er eine sanfte Seite hatte?

„Gut." Er lächelte. „Wann haben Sie heute Feierabend?"

„Oh. Heute?"

„Wäre morgen besser?" Sein Lächeln verlor ein

wenig seines Strahlens.

„Nein." Sie würde sich nur in ein nervöses Wrack verwandeln und darauf warten, dass die Stunden vergehen. „Ich bin eine Freiwillige. Ich kann gehen, wann ich will. Allerdings möchte ich noch ein paar Dinge aufräumen. Wie wäre es, wenn Sie mir noch eine Stunde Zeit geben, dann können wir uns irgendwo treffen?"

Er schüttelte den Kopf. „Mein Großvater würde mir meinen Kopf auf einem Silbertablett servieren. Darf ich Sie in einer Stunde hier abholen?"

„Was noch besser wäre", sie drehte sich um, nahm einen Notizblock von der Rezeption und schrieb die Adresse ihrer Mutter auf, „Sie holen mich in anderthalb Stunden hier ab." Sie wollte auf keinen Fall zu einem *richtigen* Abendessen gehen, wenn sie roch, als hätte sie ein Hundeheim geschrubbt.

„Gerne." Er nickte ihr zu, dann blickte er zu den Welpen, lächelte und trat einen Schritt zurück. „Eineinhalb Stunden. Ziehen Sie etwas Legeres an!"

„Alles klar, also etwas Lässiges."

„Wir sehen uns in einer Stunde."

„Und dreißig Minuten", fügte sie hinzu.

„Gut." Er ging rückwärts aus der Tür und erreichte schließlich sein Auto, winkte ihr zu und setzte sich auf den Fahrersitz.

Ein blauer Mercedes, ein roter Sportwagen – wie viele Autos hatte dieser Mann?

KAPITEL FÜNF

Eines der Dinge, für die Kyle Baron am besten bekannt war, war seine Fähigkeit, das Leben zu genießen. Nicht nur, weil er für seinen Lebensunterhalt spielte – auch wenn vielleicht nicht jeder Autorennen als *Spielen* bezeichnen würde –, sondern wegen seiner Fähigkeit, die simplen Freuden des Alltags zu schätzen.

Seine spontane Verabredung mit Addison war ein gutes Beispiel dafür. Er wollte sie unbedingt an einen Ort mit gutem Essen und einer Atmosphäre ausführen, die es ihm ermöglichte, sie besser kennenzulernen. Manche Leute würden versuchen, sie mit Protz zu beeindrucken, aber er kannte das perfekte, schlichte Steakhaus, das seinen Zweck erfüllte.

Er notierte sich die Adresse in seinem Navi und bog in die schmale Einfahrt des kleinen Hauses ein. Es lag in einer guten Gegend, war ordentlich und gut gepflegt. Irgendwie überraschte ihn das nicht. Hübsche rosa, lila, orangefarbene und rote Blumenhügel säumten die Beete vor dem Haus. Seine Großmutter würde genau wissen, was das für Blumen waren. Er fragte sich, wer in der Familie den grünen Daumen hatte.

„Hallo." Addison schloss die Haustür hinter sich und blieb am Rand der umlaufenden Veranda stehen. „Sie sind pünktlich."

„Verspätungen kommen für mich nicht infrage."

Addison kicherte, als sie die Treppe hinunterging. „Das glaube ich Ihnen gern.“

„Haben Sie Hunger?“

„Tatsächlich bin ich am Verhungern.“

„Gut.“ Er öffnete ihr die Beifahrertür, und als sie bequem im Auto saß, ging er zur Fahrerseite.

Während sie sich anschnallte, inspizierte Addison das Innere des Wagens. „Ich weiß, es geht mich nichts an, aber wie viele Autos besitzen Sie eigentlich?“

Die Frage brachte ihn zum Schmunzeln. „Im Grunde genommen drei, aber keines davon gehört mir.“

„Wie bitte?“

„Vielleicht sollte ich das erklären.“ Er fuhr vom Bordstein weg.

Mit einem süßen Lächeln nickte sie. „Bitte tun Sie das.“

„Der blaue Mercedes ist das Auto meiner Schwester Eve. Wegen meines Handgelenks kann ich im Moment nicht mit einem Schaltgetriebe fahren. Also haben meine Schwester und ich Autos getauscht. Um zur Unterkunft zu fahren, habe ich mir das Auto meines Bruders Craig geliehen. Und dieses Baby“, er tippte mit der Hand auf das Armaturenbrett des Luxuswagens und ließ unerwähnt, dass er bei der Fahrt zur Ranch und zurück ganz schön Gas gegeben hatte, „gehört meinem Großvater. Ich dachte, Sie würden etwas mit mehr Komfort zu schätzen wissen.“

„Das war sehr aufmerksam von Ihnen. Danke.“

„Sie sind also mit meiner Wahl einverstanden?“

„Tradition und Luxus gehen bei Cadillac Hand in Hand.“

„Mein Großvater ist allergisch gegen ausländische Autos.“

„Wörtlich oder im übertragenen Sinne?“

Kyle lachte. „Metaphorisch gesprochen. Er hat viele Jahre beim Militär verbracht und ist sehr für

Made in the USA."

Auch ohne militärischen Hintergrund waren viele Menschen für *Made in the USA.*

„Einverstanden." Seine Großeltern hatten mehrere Lieblingsprojekte, wobei der Kauf amerikanischer Produkte ganz oben auf der Liste stand.

Um nicht durch den halben Bundesstaat Texas fahren zu müssen, hatte er zuvor das beliebteste Steakhaus in angemessener Entfernung zum Haus von Addisons Mutter recherchiert, und eines seiner Lieblingsrestaurants in Houston hatte ein Lokal nicht weit entfernt. „Sie haben erwähnt, dass Sie gerne Fleisch essen, also hoffe ich, dass ein Steakhouse okay ist."

„Mehr als okay." Sie lächelte sanft. „Es ist schön von Ihnen, das zu berücksichtigen."

Eine verlegene Röte überzog seine Wangen, bevor er ihr einen Blick von der Seite zuwarf. „Rippchen oder Steak?"

„Rippchen. Mehr Geschmack."

Er wackelte mit dem Kopf. „Rare oder well done?"

„Medium. Ich mag den Geschmack, würde es aber vorziehen, wenn mein Essen nicht muhen würde."

Wieder brachte sie ihn zum Lachen. „Na gut."

„Und Sie?", fragte sie.

„Halb durch."

„Ich nehme an, das ist besser als Tatar." Sie zerrte an dem Sicherheitsgurt, um ihn zu lockern, und drehte sich zu ihm. „Also, wie viele Geschwister haben Sie?"

„Sechs. Meine Mutter und mein Vater hatten fünf Kinder. Mein Bruder Chase ist der Älteste. Er hat kürzlich geheiratet. Dann ist da noch mein Bruder Mitch, er ist Witwer."

„Oh, das tut mir leid."

Kyle nickte. Ihnen allen tat es leid. Abbie war eine tolle Frau und perfekt für Mitch gewesen. Sie hatte in allen Rollen geglänzt: die Frau eines Politikers, die Frau eines Ranchers, die Frau eines Fortune-500-Unternehmens und, was das Beste war, die Frau eines gewöhnlichen Mannes, der sie bis zum heutigen Tag anbetete. „Ich bin der Nächste in der Reihe, dann kommt mein Bruder Craig."

„Das wäre der rote Sportwagen."

„Genau. Die Jüngste aus der Nachkommenschaft meiner Mutter ist Eve."

Sie nickte. „Der blaue Mercedes."

„Richtig."

„Sie sagten sechs Geschwister."

„Meine Eltern ließen sich scheiden, mein Vater heiratete wieder und bekam meine Schwester Paige. Als diese Ehe in die Brüche ging, heiratete er erneut und bekam meine Schwester Siobhan."

„Und diese Ehe hat gehalten?"

Der Wagen kam an der roten Ampel nahe der Hauptstraße zum Stehen, und er drehte sich zu ihr. „Ich fürchte nein. Zum Leidwesen meiner Großeltern ist Dad mit Frau Nummer vier verheiratet."

„Wie läuft das für ihn?"

„Das abschließende Urteil wurde noch nicht gefällt. So weit, so gut." Er lachte leise. Das war sehr optimistisch ausgedrückt, denn sein Dad war völlig ahnungslos, wenn es darum ging, ein guter Ehemann und Vater zu sein. Kyle hätte gedacht, dass er, mit dem Gouverneur als Beispiel, beide Rollen etwas besser hätte ausfüllen können.

„Vielleicht ist das vierte Mal für Ihren Vater ein Glücksfall."

„Das wäre schön." Er wünschte sich wirklich, dass sein Vater glücklich wurde, aber er hatte schon vor zwei Frauen die Hoffnung aufgegeben, dass der Mann wirklich sesshaft wurde. Obwohl es so aussah, als hätten er und einige seiner Geschwister keinen

Glücksgriff gelandet, als Gott die Gene verteilt hatte, sich niederzulassen und eine eigene Familie zu gründen. „Was ist mit Ihnen? Haben Sie Geschwister?"

„Einzelkind."

Die Ampel schaltete auf Grün, und er fuhr ein wenig schneller los, als er vorgehabt hatte. Luxuswagen waren zwar nicht für Autorennen konzipiert, aber das hieß nicht, dass diese sich nicht ebenfalls gut fahren ließ. Der Vorteil einer texanischen Kleinstadt bestand darin, dass es nicht annähernd so lange dauerte, von A nach B zu kommen wie in Großstädten wie Dallas oder Houston. Als er um die Ecke bog, fuhr er auf den Parkplatz des berühmten texanischen Steakhauses.

„Oh, dieses Lokal wollte ich schon immer mal ausprobieren!"

Das war eine gute Nachricht für ihn. Obwohl es auf dem Parkplatz viele freie Plätze gab, fuhr er zum Parkservice, übergab seine Schlüssel, eilte zu Addison an der Autotür und führte sie hinein.

„Willkommen im *Bluebonnet*. Einen Tisch für zwei?" Eine junge Frau, vermutlich vom hiesigen College, drückte zwei Speisekarten an ihre Brust.

„Ja, bitte."

Die Frau nickte und gab ihnen ein Zeichen, ihr zu folgen. Zu Kyles Freude wurden sie an einen ruhigen Platz im hinteren Teil des Restaurants geführt. Er mochte es, alles sehen zu können, was in dem Lokal vor sich ging, aber er liebte die Privatsphäre, die ihnen der abgelegene Tisch bot.

„Sie sahen gut aus mit dem Welpen." Addison lächelte verschmitzt über den Rand ihrer Speisekarte.

„Der Welpe war süß. Er würde wahrscheinlich jeden gut aussehen lassen."

„Vielleicht." Sie richtete ihre Aufmerksamkeit wieder auf die Gerichte. „Haben Sie auch Tiere?"

Er schüttelte den Kopf. „Ich reise zu viel. Es wäre

einem Haustier gegenüber nicht fair, wenn es tagelang allein gelassen oder auf langen Reisen eingesperrt werden würde. Mein Job bringt mich von Woche zu Woche in die ganze Welt."

Das erregte ihre Aufmerksamkeit. Sie hob den Kopf und sah ihn an. „Ich dachte immer, dass es sicher Spaß macht, einen Job zu haben, bei dem man um die Welt reist. Aber ich habe ein paar Freunde, die das tun müssen, und Sehenswürdigkeiten sind nie Teil der Tagesordnung."

Er zuckte mit den Schultern. „Arbeit ist Arbeit, egal wo auf der Welt man sich befindet. Aber an manchen Orten ist es unmöglich, sich nicht ein wenig umzusehen und das Leben zu genießen."

„Also", sie legte die Speisekarte auf eine Seite des Tisches, „was genau machen Sie?"

Es gab keinen Grund, ihr nicht zu sagen, womit er seinen Lebensunterhalt verdiente, aber er wollte diese Information noch nicht preisgeben. Die Menschen neigten oft dazu, jemanden nach seinem Äußeren zu beurteilen. Oder in seinem Fall, nach seinem Job. Er wollte wirklich, dass sie die Chance hatte, ihn für das zu mögen, was er war, nicht für das, was er tat, und schon gar nicht für die Familie, der er angehörte. Er hatte oft genug mit Rennwagen-Groupies oder Frauen mit Dollarzeichen in den Augen zu tun gehabt. Da sie ihn nicht erkannt hatte, wollte er seine Anonymität noch ein wenig genießen.

„Möchten Sie bestellen?" Eine Kellnerin, die nicht älter aussah als die Hostess, die ihnen einen Platz zugewiesen hatte, stand plötzlich an ihrem Tisch.

Noch einmal die Kurve gekratzt! Wenn er Glück hatte, würde Addison ihre Frage zumindest bis zum Nachtisch vergessen.

„Das war das beste Abendessen, das ich seit Langem hatte!" Mehr als einmal hatte Addison ihre Mutter zum Abendessen ins *Bluebonnet* einladen wollen, aber es war eines der teuersten Lokale der Stadt, und immer wieder waren unerwartete Ausgaben aufgetaucht, die das Vorhaben vereitelt hatten. Als Kyle sie mit einem Mercedes von der Straße gedrängt hatte, hatte sie vermutet, dass er vermutlich kein knappes Budget hatte. Als er sie dann mit einem dritten Auto abgeholt hatte, hatte sich dieser Eindruck verstärkt. Sie war sich mittlerweile sicher, dass er nicht am Hungertuch nagte. Ihr würde das allerdings bald drohen, sollte sie nicht schnell einen neuen Job finden.

„Freut mich sehr, dass es Ihnen geschmeckt hat."

„Das hat es wirklich. Der Mais war fantastisch, obwohl ich den nicht so gerne esse. Ich bin so froh, dass Sie mich dazu überredet haben!" Sie war versucht gewesen, noch ein wenig mit ihrem Essen zu spielen. Der Abend war viel zu schnell vorbei. Ihr Gespräch war nahtlos von einem Thema zum anderen übergegangen. Sie hatte gelacht, gelächelt und seine Gesellschaft wirklich genossen. Als sie auf das Auto wartete, wünschte sie sich, sie wäre nicht so satt, sodass sie noch mehr Essen hätte bestellen können, um den Abend noch ein wenig in die Länge zu ziehen.

Kyle schloss die Autotür hinter ihr, gab dem Parkwächter ein Trinkgeld und setzte sich auf den Fahrersitz. Als sie beide angeschnallt waren, drehte er sich zu ihr. „Haben Sie Lust, noch ein bisschen was zu unternehmen?"

„Ich muss morgen früh nirgendwo sein." Zum ersten Mal, seit sie ihren Job verloren hatte, war sie froh, dass sie sich nicht um den Wecker scheren musste.

„Sehr gut." Er fuhr auf die Hauptstraße und bog links ab. „Ein Freund von mir hat in den vergangenen Jahren seine Firma außerhalb von Houston ausgebaut. Er hat gerade einen Laden eröffnet, der nicht weit von dem Haus Ihrer Mutter entfernt ist."

„Was für einen Laden?"

Er betrachtete sie aufmerksam, und zwar so eindringlich, dass sie sich zusammenreißen musste, um nicht nervös hin und her zu rutschen. „Das soll eine Überraschung werden."

„Na gut, bei der Wahl des Lokals fürs Abendessen haben Sie ein gutes Händchen gehabt." Sie lehnte sich auf ihrem Sitz zurück. „Ich schätze, ich kann mich auf Sie verlassen, was die Unterhaltung nach dem Essen angeht."

„Danke." Er grinste sie an, und sie konnte nicht anders als zurückzugrinsen. Sie fühlte sich wie ein Teenager, der sein erstes Date hat. Vielleicht sogar noch besser.

Nach ein paar Minuten hatten sie kaum die Stadtgrenze erreicht, als Kyle auf den Parkplatz fuhr. Sie starrte auf das Schild und musste lachen. „Minigolf?"

„Na klar!" Er stieg aus dem Auto und eilte um die Motorhaube herum. „Es macht total viel Spaß."

Natürlich tat es das. Wenn man zehn Jahre alt war! Aber sie würde keine Spielverderberin sein.

„Können Sie mit Ihrem Gips spielen?" Sie suchte sich einen Schläger aus und beobachtete, wie Kyle jeden mit einer Hand wog und schwang, bevor er sich entschied. Sie hatte angenommen, dass sie alle gleich waren. Selbst wenn sie sich die Zeit genommen hätte, sie zu schwingen und zu testen, hätte sie keine Ahnung gehabt, worauf sie hätte achten sollen.

„Das werden wir gleich herausfinden."

„Spielen Sie oft Minigolf?"

Er zuckte mit den Schultern. „Mein Job hält mich die meiste Zeit auf Reisen."

„Das haben Sie bereits erwähnt." Als echter Gentleman ließ Kyle ihr den Vortritt. Sie stand am Fuß des ersten Lochs, schaute auf den Ball hinunter und fragte sich, ob sie den richtigen Schläger gewählt hatte. Sie schwang ihn sachte und schickte den Ball fast bis zum Loch. Ein zweiter vorsichtiger Schlag, und der Golfball fiel an die gewünschte Stelle. Erstaunlich selbstzufrieden drehte sie sich grinsend um und winkte Kyle zu. „Sie sind dran!"

„Sehr gut." Er nickte ihr zu, als sie den Platz tauschten, und betrachtete sein Ziel genau. Sehr genau. Er schwang den Schläger ein paar Mal testweise hin und her, schaute ein paar Mal auf und ab und schlug den Ball schließlich gerade so fest, dass er die schmale Bahn hinaufrollte und sauber ins Loch fiel.

„Wow! Und auch noch einhändig!"

Er zuckte mit den Schultern. „Anfängerglück."

Sie glaubte ihm das keine Sekunde lang. Vielleicht das mit der Einhändigkeit, aber Runde um Runde schaffte sie es zwar, den Ball mit nur zwei oder drei Schlägen zu versenken, Kyle jedoch brauchte gelegentlich einen zweiten Schlag, aber nie einen dritten. Ihren Schläger fest vor sich haltend, stand sie an der Seite und sah zu, wie er analysierte, überlegte, sich von links nach rechts bewegte, bevor er den Schläger schwang und den Ball wieder mit einem einzigen Schlag versenkte. Er lächelte und winkte sie zum nächsten Bereich hinüber. Es war ein Abschnitt mit einem Teich und Schildkrötenpanzern zwischen ihnen und dem nächsten Loch.

Da sie etwa die Hälfte des Minigolfplatzes erreicht hatten, ließ sich Addison Zeit. Sie analysierte ihn genauer, obwohl sie sich nicht ganz sicher war, was genau sie da eigentlich analysierte. Sie bedachte das Gewicht ihres Schlägers, der allerdings nicht schwer war, und die Entfernung, die der Ball zurücklegen musste, und ihr wurde klar, dass sie als Ingenieurin in der Lage sein müsste, das hinzukriegen. Sie machte ein paar behelfsmäßige Schwünge, dann schwang sie den Schläger zielsicher und schickte den Ball über das Grün, über den Teich und klappernd ins Loch. „Ich hab's geschafft!" Sie warf beide Arme in die Luft und drehte sich zu Kyle um. „Endlich mit nur einem Schlag!"

„Gut gemacht." Er gab ihr ein enthusiastisches High Five und grinste sie an.

In der nächsten Runde schaffte sie es erneut, und danach noch einmal. Jedes Mal feuerte Kyle sie an, aber sie konnte sehen, wie seine Bemühungen mit jedem neuen Schlag zunahmen. Als der Ball nach dem, was eigentlich ein leichter Schlag für ihn hätte sein sollen, um das Loch herumkullerte, konnte sie hören, wie er leise fluchte. Dann marschierte er schwerfällig hinüber, um den Ball ins Loch zu schlagen. Offenbar war Mr. Kyle sehr wettbewerbsorientiert, und daher machte es ihr sogar noch mehr Spaß, ihren Punktestand dem seinen anzunähern. „Wollen wir eine kleine Wette abschließen, wer dieses Spiel gewinnt?"

Er hob eine Augenbraue. „Ich hätte Sie nicht für risikofreudig gehalten."

Sie zuckte mit den Schultern. „Das bin ich nicht wirklich. Aber nach meiner Einschätzung habe ich, wenn ich unter Druck nicht nachgebe, eine ausgezeichnete Chance, Sie zu schlagen."

„Ausgezeichnet, nicht wahr?" Sein Grinsen verlieh seinen Augen ein zusätzliches Funkeln.

„So sehe ich das auch." Sie verschränkte die Arme und gab ihm eine Minute Zeit, so zu tun, als würde sie darüber nachdenken. In einem Punkt hatte er auf jeden Fall recht. Sie war ganz sicher nicht risikofreudig. Wettspiele waren nicht ihre Stärke, aber als sie ihn beobachtete, wie er diesen Platz behandelte, als würde er um einen Pokal kämpfen, musste sie schmunzeln. Dieser Mann hatte viele Seiten, und sie hoffte sehr, dass sie noch mehr Gelegenheiten haben würde, alle kennenzulernen.

KAPITEL SECHS

„Du bist früh aufgestanden." Eve sah von dem bequemen Sessel am Kamin auf. „Außerdem bist du gestern Abend früh nach Hause gekommen. Ich dachte, du hättest ein heißes Date?"

„Nach Mitternacht verwandle ich mich in einen Kürbis."

Kyles Schwester legte ihr Buch auf den Schoß und stieß ein herzhaftes Lachen aus, das tief aus ihrem Bauch kam. Er liebte es sehr, wenn seine Schwester lachte. Es war kein süßes, höfliches Lachen, wenn jemand etwas gesagt hatte, das dieser lustig fand, man selbst aber nicht. Die sonnige Seite ihres Wesens konnte den Tag eines jeden Menschen aufhellen, aber ihr Lachen, ihr herzliches Lachen, erheiterte stets seine Seele.

Eve stand auf und stellte sich neben ihren Bruder, um sein Gesicht zu betrachten. „Wer auch immer sie ist, ich mag sie."

„Wie bitte?"

„Du siehst friedlich aus. Das sehe ich nicht oft in deinen Augen. Eigentlich", sie lächelte sanft, „glaube ich nicht, dass ich jemals Frieden in deinen Augen gesehen habe."

„Ist es dir in den Sinn gekommen, dass es vielleicht friedlich ist, zu Hause von der Familie umgeben zu sein?"

„Hmmm." Seine Schwester presste die Lippen fest

aufeinander, schaute zur Decke und schüttelte dann mit einem lässigen Achselzucken den Kopf. Schließlich sah sie ihn lächelnd an. „Nö."

„Witzbold!" Er nahm sich eine Tasse Kaffee und setzte sich gegenüber von Eve.

„Willst du nicht frühstücken?"

„Das werde ich." Er pustete in die dunkle Flüssigkeit. „Ich habe ein Frühstücks-Meeting mit ein paar PR-Leuten. Und dann habe ich … Pläne."

„Pläne?" Eve hob die Augenbrauen und grinste ihn an. „Klingt … interessant. Das hat nicht zufällig etwas mit dem Date von gestern Abend zu tun?"

„Und wenn es so wäre?"

Eve brach in Gelächter aus. „Darf ich es dem Gouverneur sagen?"

„Das darfst du nicht!" Kyle vergaß, dass der Kaffee noch heiß war, und verschluckte sich an dem Gebräu. „Du brauchst nicht aus einer Mücke einen Elefanten zu machen."

„Verstanden. Keine Elefanten."

Stirnrunzelnd betrat Mitch den Raum und griff nach einer Tasse und der Kaffeekanne. „Geht es um afrikanische oder indische Elefanten?"

„Weder noch." Kyle stand auf. „Unsere geliebte Schwester macht sich über mich lustig, aber ich habe einen Termin. Wir sehen uns alle beim Abendessen!"

Eve hob ihre Tasse an die Lippen und musterte ihren Bruder über deren Rand hinweg. „Vielleicht."

Normalerweise liebte Kyle es, wenn seine Schwester ihre Brüder neckte. Für eine superschlaue Chemikerin war sie sehr bodenständig und immer zu Späßen aufgelegt. Aber er hoffte, dass sie nicht mehr in einer neckischen Stimmung war, wenn er heute Abend nach Hause kam. Er hatte keine Lust, dieses Gespräch fortzusetzen, und er wollte nicht noch mehr aus seiner – äh – beginnenden Beziehung machen. Zählte eine Verabredung zum Essen und Minigolf-Spielen als beginnende Beziehung? Was auch immer es war, er wollte nicht darüber sprechen – zumindest vorläufig nicht. Vielleicht würde er hier und da eine Andeutung gegenüber seinem Großvater machen, aber im Moment wollte er Addison für sich behalten.

Für jemanden, der arbeitslos und dessen Zukunft unsicher war, fühlte sich Addison, als würde sie auf Wolke Sieben tanzen. Sie wusste zwar erst ganz wenig über Kyle, war jedoch bereits völlig vernarrt in ihn. Das Einzige, was sie mit Sicherheit wusste, war, dass sie gestern Abend mit ihm viel mehr Spaß beim Minigolfspielen gehabt hatte als damals, als sie zehn gewesen war.

„Du siehst zufrieden aus." Ihre Mutter hielt eine heiße Tasse Kaffee in der Hand. „Ich nehme an, du hast dich gestern Abend gut amüsiert?"

„Das habe ich. Das habe ich tatsächlich."

„Warum klingst du dann so überrascht?" Ihre Mutter lachte. „Ab und zu darf man doch auch mal Spaß haben."

„Willst du damit sagen, dass ich keinen Spaß habe?"

„Mit einem Wort? Ja. Du hast deinen Abschluss als Klassenbeste gemacht, und ich bin stolz auf dich, was du in einer Männerwelt alles erreicht hast. Aber, Liebling, du bist ein bisschen zu ernst für jemanden, der so jung ist wie du. Du hast noch nie einen richtigen Urlaub gemacht, bei dem du nicht deinen Kleiderschrank aufräumen oder die Fugen schrubben musstest. Vielleicht solltest du diese zusätzliche Zeit nutzen, dir ein paar Freundinnen schnappen und nach Mexiko fahren."

„Es gibt Kartelle in Mexiko.“

„Und Sonnenschein und Musik und Tequila“, entgegnete ihre Mutter, aber es klang beinahe resigniert.

„Und Verbrechen, Entführungen, und nicht zu vergessen – Montezumas Rache.“

Ihre Mutter seufzte und legte eine Hand auf das Kinn ihrer Tochter. „Schatz, ich hab dich lieb, aber mach dich ein bisschen locker. Vertrau mir. Das Leben ist besser, wenn du lachst.“ Addison gab ihr einen zarten Kuss auf die Wange, drehte sich um und machte sich auf den Weg in ihr Büro, um ihren Arbeitstag zu beginnen.

Vielleicht hatte ihre Mutter recht. Nicht mit Mexiko, sondern damit, mehr zu lachen. Sie hatte sich gestern Abend wirklich amüsiert, vor allem, als sie Kyle geschlagen hatte. Er war ein guter Gegner gewesen, aber gegen Ende des Spiels hatte sie bemerkt, dass er nicht gerne verlor. Sie hatte das Gefühl, dass unter der Unbekümmertheit, die Kyle an den Tag legte, sehr viel Komplexes steckte. Und sie freute sich sehr darauf, mehr über diese Komplexität zu erfahren, wenn er sie heute Nachmittag abholen würde. Sie hatte keine Ahnung, was er geplant hatte oder wohin sie gehen würden, aber sie hatte das Gefühl, dass es den Spaß involvieren würde, von dem ihre Mutter gesprochen hatte.

Sein Tag verlief nicht nach Plan. Kyle war später als sonst aufgewacht, hatte sich bei heißem Kaffee ein kleines verbales Geplänkel mit seiner Schwester geliefert. Jetzt war er damit beschäftigt, seinem Manager zuzuhören, der so tat, als hätte er sich das

Genick und nicht das Handgelenk gebrochen.

„Was auch immer du tust, geh kein Risiko mehr ein! Das Team ist gut, aber es ist nicht du."

„Ja, Gilbert."

„Mir gefällt dein Ton nicht."

„Was stört dich daran?"

Mit einer hochgezogenen Augenbraue schüttelte sein Manager, der fast vom ersten Tag an seiner Seite war, den Kopf. „Ich könnte genauso gut mit einer Wand reden."

Kyle sagte nichts, als sich Gilbert, der neben ihm auf dem Parkplatz stand, auf die Fahrerseite seines Wagens setzte.

„Versuch nur, dich nicht umbringen zu lassen! Bitte."

„Ich verspreche es." Kyle blieb auf dem Parkplatz stehen, als das Auto wegfuhr. Jetzt würde er sich auf den Weg machen, sein Date abzuholen. Er hatte keine Ahnung, wie Addison reagieren und ob sie sich so gut amüsieren würde wie gestern Abend. Zumindest hatte er ihr Lächeln und Lachen für aufrichtig gehalten. Aber Minigolf war ein langsames, einfaches Spiel. Er fragte sich, wie sie auf ein bisschen Tempo reagieren würde.

Sie hatten vereinbart, dass er sie wieder bei ihrer Mutter abholte, was bedeutete, dass er einige Kilometer würde fahren müssen. Wenigstens lag der Geschäftssitz seines Freundes im Norden der Stadt, was weniger Fahrerei bedeutete. Als er aus Gewohnheit auf sein gebrochenes Handgelenk schaute, seufzte er schwer und drehte stattdessen den anderen Unterarm, um auf die Uhr zu schauen. Dieses blöde Handgelenk musste schneller heilen! Wenn er Gas gab, würde er wahrscheinlich pünktlich ankommen.

Nachdem er wieder einmal sämtliche Tempolimits überschritten hatte – obwohl er Gilbert versprochen hatte, das nicht zu tun –, fuhr er in die Einfahrt und atmete tief ein. Aus irgendeinem lächerlichen Grund war er ein wenig nervös. Er war sich nicht sicher, warum. Nervosität war eigentlich ganz untypisch für ihn. Er schlug die Autotür hinter sich zu und stieg die Veranda hoch. Als er die Hand hob, um an die Tür zu klopfen, wurde sie aufgerissen. Addison stand da und lächelte ihn an.

„Tut mir leid, dass ich etwas zu spät bin."

„Ganz und gar nicht." Sie drehte sich um und zog die Tür zu. „Wohin fahren wir heute?"

„Es ist eine Überraschung." Er hoffte inständig, dass es sich nicht als blöde Idee entpuppte und er sie verscheuchte. „Wir fahren zurück nach Houston. Ein Kumpel von mir betreibt da etwas, das Ihnen gefallen könnte."

„Sie sind voller Geheimnisse, nicht wahr?"

„Bin ich das?" Er wartete, bis sie auf der Beifahrerseite des Wagens seines Großvaters Platz genommen hatte, und eilte dann zur Fahrerseite. „Tut mir leid. Das war nicht meine Absicht."

„Okay. Wohin fahren wir also?"

„North Side Tracks."

Sie verzog das Gesicht. „Tracks, also Gleise? Wie bei der Eisenbahn?"

„Nein."

„Was dann?"

Er drehte sich um und sah ihr ins Gesicht. „Gokart."

„Wie bitte?" Sie riss die Brauen in die Höhe, und ihre Augen wurden groß und rund wie Untertassen.

Angesichts ihres Gesichtsausdrucks musste er leise lachen. „Überraschung!"

„Machen Sie Witze?" Ihr Gesichtsausdruck wechselte von Erschrockenheit zu Neugierde.

„Nö." Er fuhr auf den Highway und widerstand dem Drang, angesichts der freien Straße vor ihm das

Gaspedal durchzudrücken. „Sie schienen den gestrigen Abend genossen zu haben. Ich dachte, das könnte etwas Lustiges sein.“

„Ich hatte gestern Abend viel Spaß, aber Gokart?“

Er fuhr ein wenig schneller. „Es wird Ihnen gefallen. Vertrauen Sie mir.“

„Oh, oh.“ Sie lachte. „Soll das heißen, es wird gefährlich?“

Er lachte mit ihr und schüttelte den Kopf. „Ganz und gar nicht. Das wird ein Spaß.“

„Irgendwie bezweifle ich, dass ein Schleudertrauma Spaß machen würde.“

„Schleudertrauma?“

„Ja, von all den verrückten Teenagern, die einen ständig anrempeln.“

„Das passiert beim Autoscooter, nicht beim Gokart.“

„Oh.“

„Warten Sie ab. Wenn es Ihnen nicht gefällt, können wir etwas anderes machen, zum Beispiel in eine Spielhalle gehen.“

„Sie spielen sehr gerne, nicht wahr?“

Er nickte. „Ich habe mir vorgenommen, mein ganzes Leben lang Spaß zu haben.“

„Das kann ich sehen.“ Sie rutschte auf ihrem Sitz hin und her, und er tat sein Bestes, um das Gespräch locker zu halten. Hoffentlich hatte er sie nicht falsch eingeschätzt, aber er war überzeugt, dass sich hinter der strengen Fassade der Ingenieurin eine Frau verbarg, die wirklich ein bisschen Spaß haben wollte.

KAPITEL SIEBEN

Vor dem Gebäude fuhr er in die erste Parklücke auf einem fast leeren Parkplatz.

Den ganzen Rest der Fahrt über hatte sich Addison gefragt, worauf sie sich da eingelassen hatte. Sie sollte eigentlich zu Hause sein, Bewerbungen verschicken und mit Headhuntern sprechen, aber nicht auf einer Gokart-Bahn herumfahren. „Heute sind nicht viele Leute da, oder?"

Kyle beeilte sich, ihre Autotür zu öffnen. „Das liegt daran, dass sie erst in einer Stunde oder so wieder öffnen."

„Oh. Wir sind also zu früh dran." Warum hatte er sich so beeilt, herzukommen, wenn sie noch eine Stunde würden warten müssen?

Er schüttelte den Kopf. „Mein Kumpel wartet auf uns."

An der Eingangstür klopfte Kyle an die Scheibe, und ein großer Typ mittleren Alters näherte sich. „Schön, dich zu sehen, Mann!"

Kyle und sein Freund umarmten einander wie Männer, wobei sie sich gegenseitig auf den Rücken klopften.

„Addison, das ist Lee."

„Schön, Sie kennenzulernen." Sie streckte eine Hand aus.

„Ebenso."

Kyle trat zur Seite und gab ihr ein Zeichen, vor ihm

hineinzugehen, und sagte zu Lee: „Danke, dass du früher aufgemacht hast."

„Wir können dich nicht gegen die Teenager antreten lassen. Ich habe hier nicht genug Sicherheitsvorrichtungen."

Kyle lächelte geheimnisvoll, erwiderte aber nichts darauf. Für Addison ergab die Bemerkung keinen Sinn. Nicht das Rennen mit den Teenagern, aber das Bedürfnis nach Sicherheitsvorrichtungen.

Lee führte sie durch die Gokart-Anlage. „Zur Arrestzelle geht's hier entlang."

Sie war sich nicht sicher, was sie erwartete, und das Wort *Arrestzelle* trug wenig dazu bei, sich ein besseres Bild von dem zu machen, was vor ihnen lag. Als sie einen Spielhallenbereich durchquerten, schenkte keiner der beiden Männer den Spielen, die den großen Raum füllten, Beachtung. Im hinteren Teil des Gebäudes waren ein paar Jugendliche damit beschäftigt aufzuräumen, wahrscheinlich um sich auf das Tagesgeschäft vorzubereiten. Durch die Hintertür führte Kyles Kumpel sie einen schlauchartigen Gang hinunter, der sie an die Gänge erinnerte, durch die sich ein Stier beim Rodeo seinen Weg bahnen musste. Am Ende blieb Lee vor mehreren niedrigen Gokarts stehen. Sie hatte noch nie eines aus nächster Nähe gesehen, und sein Anblick beruhigte ihre Nerven nicht gerade.

„Sie haben eine schöne Farbe, einen auffälligen Blauton." Das war eine ziemlich dumme Bemerkung, aber das Einzige, was ihr eingefallen war.

Lee lachte. „Meine Frau hat sie ausgesucht."

„Warum sind einige der Karts rot?"

„Geschwindigkeit", erklärte Lee. „Wir haben hier viele junge Leute, deshalb fahren die meisten unserer Autos nicht schneller als fünfunddreißig oder fünfundvierzig Kilometer pro Stunde. Das sind die roten Karts."

Sie nickte, obwohl sie es keineswegs für eine sonderlich gute Idee hielt, dass ein Haufen Teenager mit fünfundvierzig Sachen pro Stunde auf einer Rennstrecke herumkurvte.

„Die blauen sind spezielle Karts, die spaßiger sind und bis zu neunzig Kilometer pro Stunde fahren können."

Addison nickte erneut. Sie starrte auf die hübschen blauen Karts, und abgesehen davon, dass ihr die Farbe gefiel, war es ihr immer noch ein Rätsel, warum jemand mit diesen Möchtegern-Rennwagen so schnell fahren wollte. Sie stellte sich vor, wie das Ding um die Kurve wirbelte, ohne Türen oder Dach, und der Fahrer in eine Richtung flog, während das Auto in die andere Richtung raste.

„Sie sind alle bereit für Sie." Lee deutete in Richtung der blauen Karts.

„Für mich?" Sie sah erst zu Kyle und dann zu Lee. „Sollte ich nicht eines der roten Gokarts benutzen? Sie wissen schon, die für die Teenager?"

Lee sah zu Kyle und dann wieder zu ihr. „Sie können so schnell oder langsam fahren, wie Sie wollen. Ich weiß nur zufällig, dass unser Freund hier mehr Gas geben will als die roten Karts."

„Er hat recht. Sie müssen nicht schneller fahren als Sie wollen, aber es wird Spaß machen. Sie werden schon sehen", fügte Kyle hinzu.

Er benutzte das Wort *Spaß* sehr oft. „Ich weiß nicht so recht."

„Es ist absolut sicher", versicherte Lee.

„Diese Dinger sind furchtbar niedrig." Sie starrte auf etwas, das aussah wie ein Strandbuggy, bei dem jemand die Luft aus den Reifen gelassen hatte.

„Leichteres Ein- und Aussteigen. Vor allem für die jüngeren Kinder."

Kyle stellte sich neben sie. „Machen Sie es sich

bequem. Der Sicherheitsgurt wird Sie besser schützen als in einem Autositz. Das linke Pedal ist rot. Das ist die Bremse. Das grüne auf der rechten Seite ist …“

„Das Gaspedal.“

Er nickte. „Wenn der Wagen aus irgendeinem Grund stehen bleibt oder Sie sich überschlagen …“

„Überschlagen?“ Ihre Stimme war plötzlich eine oder zwei Oktaven höher als sonst.

„Das ist unwahrscheinlich“, fuhr er fort. „Wenn es doch passiert, bleiben Sie einfach liegen. Es wird jemand kommen, der Sie wieder aufstellt.“

Alles, was er sagte, klang so sachlich, dass es eigentlich beruhigend hätte sein müssen. Aber das war es nicht, und das amüsierte Grinsen, das die Lippen seines Kumpels umspielte, trug nicht gerade zur Beruhigung ihrer Nerven bei. Hatten sie nicht einfach zum Minigolf zurückkehren können?

„Kommen Sie, setzen Sie sich.“ Kyle streckte ihr eine Hand entgegen.

Langsam bewegte sie sich vorwärts, dann atmete sie kräftig ein und ließ sich auf dem Einzelsitz nieder. Sie hatte gesehen, dass er niedrig war, aber nun hatte sie das Gefühl, auf dem Boden zu sitzen.

„Gar nicht so schlecht, was?“ Lee grinste sie so breit an, dass man meinen könnte, er hätte ihr einen teuren Sportwagen geschenkt.

Sie konnte sich nur zu einem Lächeln und einem Nicken durchringen.

Kyle beugte sich über sie, um sie anzuschnallen. Einhändig zerrte er an den Schultergurten, überprüfte die Spannung, nickte dann und trat einen Schritt zurück. „Wir fahren raus, drehen unsere Runden, und wenn Sie genug haben, fahren Sie in die Box.“

Box. Sie unterdrückte einen Seufzer. Wollte sie sich blamieren und fragen, was die Box war? Wenn sie nicht den ganzen Abend im Kreis herumfahren wollte, sollte sie besser nicht so tun, als wüsste sie, was das war, und den Mund aufmachen.

„Die Boxen haben drei Spuren." Für einen Sekundenbruchteil fragte sie sich, ob Kyle ihre Gedanken hatte lesen können. „Die Spuren sind durch Absperrungen voneinander getrennt. So sind alle sicher, auch wenn wir jetzt nur zu zweit hier draußen sind."

„Je nachdem, wie lange ihr im Kreis fahrt", unterbrach Lee, „könnten noch mehr Leute auf die Strecke kommen."

Kyle nickte und tippte auf die Metallstange, die über ihrem Kopf angebracht war. „Geben Sie mir eine Minute, um in mein Kart zu steigen."

„Sollte ich nicht einen Helm oder so etwas aufsetzen?"

„Auch wenn mein Kumpel das gerne glauben würde", sagte Lee und warf Kyle einen Seitenblick zu, „ist das keine Formel-1-Strecke. Sie werden schon klarkommen."

Für ihn ist das leicht zu sagen. Addison umklammerte das Lenkrad, ihre Handflächen schwitzten. Das war doch irre. Sie genoss entspannende Zeitvertreibe, die ihren Geist herausforderten – etwas, das sie kontrollieren konnte. Wenn seine Vorstellung von Spaß doch nur die örtliche Kneipe oder ein Scrabble-Turnier in der Bibliothek gewesen wäre! Sie umklammerte den Griff fester, ihre Finger verkrampften sich fast unter dem Druck, und sie schluckte schwer. Das sollte doch Spaß machen. Um Himmels willen, Teenager taten das ständig! Sie würde es schon schaffen. Nachdem Kyle vor ihr auf die Rennstrecke gefahren war, trat sie langsam auf das Gaspedal und war fast überrascht, als sich das spielzeugartige Auto tatsächlich bewegte.

Kyle fuhr los, trotz seines kaputten Handgelenks und allem Drum und Dran. Nach dem, was sie bisher gesehen hatte, würde es mehr als einen Gips brauchen, um diesen Mann zu bremsen. Sie hatte keine Ahnung, ob es daran lag, dass sie so tief hockte oder so ungeschützt war, aber kaum hatte sie auf das grüne Pedal getreten, fühlte sie sich, als ob sie fliegen würde. Ihr Herz raste schneller als ein Duracell Hase. Es dauerte nicht lange, bis sie halb herumgekommen war und neben Kyle herfuhr, der sie lächelnd ansah, dann auf das Gaspedal drückte und an ihr vorbeirauschte.

Einen Moment lang starrte sie seiner hinteren Stoßstange nach. Das Gefühl, zurückgelassen zu werden, nur weil sie eine Frau war, rumorte in ihrem Inneren. Sie hatte sich durch reinen Willen und Anstrengung an die Spitze ihres Ingenieurstudiums katapultiert. Würde es sie wirklich umbringen, Kyle hinterherzujagen? Mit neuer Entschlossenheit drückte sie fester auf das Pedal, und das Kart schoss vorwärts. Kyle war nur knapp vor ihr, also trat sie noch fester auf das Gas. Als sie ihm auf den Fersen war, drückte sie das Pedal noch stärker durch, um ihn zu überholen. Sie hatten zwei weitere Runden hinter sich, als er sich zurückfallen ließ, denn plötzlich sauste sie mit dem Wind in den Haaren an ihm vorbei. Weitere zwei Runden lang drückte sie das Pedal bis zum Boden durch, lehnte sich bei jeder Kurve zur Seite und sah, wie Lee sie zu dem winkte, was sie als Box vermutete.

Sie ließ das Gaspedal ein wenig los, bremste, als sie näherkam, und fuhr hinein. Dabei achtete sie darauf, nicht über die Absperrungen zu fahren. Sie konnte hören, wie Kyle hinter ihr in die Box einfuhr. Addison tastete nach dem Sicherheitsgurt, löste schließlich die Verriegelung und sprang praktisch aus dem Kart. Sie wirbelte herum und entdeckte Kyle, der ebenfalls aus seinem Kart gestiegen war und sie angrinste. Sie lief auf ihn zu, warf die Hände in die Luft und rief: „Ich habe gewonnen!"

Addisons skeptischer Blick und ihre zusammengepressten Lippen hatten ihn die Idee mit dem Gokart immer wieder infrage stellen lassen. Bei jeder seiner Aussagen über das sichere Fahren auf der Rennbahn hatte er hin und her überlegt, ob nicht vielleicht etwas Langsameres angemessener gewesen wäre. Da Lee alles für sie vorbereitet hatte und sie bereit gewesen war, es zumindest zu versuchen, hatte er seine Pläne doch nicht über den Haufen geworfen und stattdessen gehofft, dass es gutgehen und sie nicht wutentbrannt davonstürmen würde.

Aber jetzt machte ihr Gesichtsausdruck, als sie aus dem Gokart stieg, jede Sekunde, in der er sich Sorgen gemacht hatte, wieder wett. Zu sehen, wie sie vor Aufregung wie ein kleines Kind auf und ab hüpfte, war für ihn so aufregend wie das Überqueren der Ziellinie bei 300 Kilometern pro Stunde. Jetzt musste er sich nur noch überlegen, was er als Nächstes tun konnte, um sie wieder so lächeln zu lassen.

„Können wir das noch mal machen?" Addison drehte sich um und sah Lee an. „Das hat so viel Spaß gemacht."

Lee nickte knapp. „Ja, Ma'am. Der Laden muss ja schließlich laufen."

Kyle konnte den Adrenalinrausch, der mit Geschwindigkeit einherging, sehr gut nachvollziehen. Dennoch hatte er nicht damit gerechnet, dass sie ein weiteres Rennen fahren wollte. „Wollen Sie das wirklich noch mal tun?"

Addison nickte aufgeregt. „Auf jeden Fall!"

Lee drehte sein Handgelenk, schaute kurz auf seine Uhr und sah dann wieder zu ihr auf. „Wir öffnen in ein paar Minuten. Wäre es für Sie okay, wenn mehr als zwei Karts auf der Strecke sind?“

An die Stelle der überschwänglichen Freude von eben trat plötzlich ein skeptischer Ausdruck. Sie knabberte auf niedliche Weise an ihrer Unterlippe, dann nickte sie langsam. „Ich würde es gerne versuchen.“

Kyle widerstand dem Drang, *braves Mädchen* zu rufen, und sah zu seinem Freund. „Müssen wir auf die langsameren Karts umsteigen?“

„Nein. Ich habe bereits Tickets für die schnelleren Karts verkauft. Diese Strecke ist für die blauen Karts bestimmt.“

„Also gut!“ Er schlug die Hände zusammen und rieb sie kräftig aneinander. „Los geht's!“

Während des zweiten Rennens auf der Strecke – diesmal mit weiteren Autos um sie herum – war er wirklich beeindruckt, wie Addison die Kurven nahm und in ihrer Spur blieb. Ein Kart drehte sich und alle wurden langsamer, als ein paar der Teenager, die sie vorhin gesehen hatten, herausliefen und es wieder in die richtige Richtung drehten, sodass es weiterfahren konnte.

Es fehlte ihm, hinter dem Steuer eines richtigen Autos zu sitzen. Eines Autos, das so schnell wie der Wind war und sich an den Asphalt schmiegte wie eine Geliebte. Dieses kleine Karussell namens Gokart-Bahn diente nur dazu, ihn zu beruhigen und das Seifenstück zu vergessen, aufgrund dessen er sich das Handgelenk gebrochen hatte. Als er sah, dass Addison den anderen Karts in die Box folgte, verlangsamte er das Tempo und fuhr hinter ihr her. Sie ließ sich von einem der Teenager aus dem Kart helfen, schüttelte ihr Haar aus und kämmte mit den Fingern den Schaden, den Wind und Geschwindigkeit angerichtet hatten, aus. Sie drehte sich zu ihm um, als er ausstieg.

„Ich kann nicht glauben, dass ich das noch nie

gemacht habe!“

„Du bist ein Naturtalent.“ Er sah sich nach Lee um.

Mit verschränkten Armen durchquerten sie den großen Spielhallenbereich. Addison wurde auf einmal langsamer, und schließlich blieb sie ganz stehen.

Er versuchte, ihrem Blick zu folgen, sah aber nicht, was sie zum Stehenbleiben veranlasst haben könnte. „Was ist los?“

Sie legte den Kopf leicht schief, schüttelte ihn und lächelte. „Na ja, jedem das Seine, oder?“

Schließlich sah er es ebenfalls. Ein junges Mädchen in einem lilafarbenen Ballkleid mit mehreren Lagen, genug Glitzer, um den Himmel zu erhellen, und einem Diadem auf dem Kopf saß hinter dem Steuer eines der Spielautos. „Eine Quinceañera.“

Sie nickte. „Ein Brautpaar in voller Montur hätte mich auch nicht überrascht. Ich frage mich, ob dies die After-Party ist, oder ein Umweg auf dem Weg zur Party?“

Kyle zuckte mit den Schultern. „Keine Ahnung, es könnte alles sein.“

„Ja.“ Sie lächelte zu ihm auf. „Und was jetzt?“

„Ich weiß nicht, wie es Ihnen geht, aber ich bin am Verhungern.“

„Rennen fahren macht Appetit, nicht wahr?“

„Das ist noch gar nichts! Wenn ein Rennfahrer mit 300 Kilometern pro Stunde fährt, setzen die physikalischen Kräfte dem Körper zu. Ein Fahrer kann allein durchs Schwitzen bis zu zweieinhalb Kilogramm verlieren.“

„Oh, ich kenne Frauen, die viel Geld bezahlen würden, um an einem Nachmittag zweieinhalb Kilogramm abzunehmen.“

Kyle musst laut auflachen. Es war nicht das erste Mal, dass er eine Frau so etwas sagen hörte, und doch kam es ihm so komisch vor wie noch nie.

Als er Lee am Eingang entdeckte, bedankte sich Kyle bei ihm, klopfte seinem Kumpel auf die Schulter und begleitete Addison zum Auto. Sie entschieden sich für einen schnellen Drive-Thru-Burger, und als sie ihr Haus erreichten, waren sie gut genährt, und trotz einer kleinen Konversationsübung, um Fragen über seinen Beruf abzuwehren, waren sie gut über die Grundlagen wie Lieblingsfarbe, Lieblingssong und Lieblingsfilm informiert. Außerdem hatten sie einander von lustigen oder peinlichen Erlebnissen während ihrer Teenager-Jahre erzählt.

„Also", Kyle parkte in der Einfahrt und löste seinen Sicherheitsgurt, „haben Sie am Samstag schon was vor?"

Mit skeptischem Blick fragte sie leise zurück: „Was haben Sie im Sinn?"

Er grinste sie verschmitzt an. Er schien in letzter Zeit viel öfter zu lächeln. „Was halten Sie von einer weiteren Überraschung?"

„Ich glaube nicht, dass ich noch eine Überraschung verkraften kann." Sie lachte, schüttelte den Kopf und löste ihren Sicherheitsgurt.

„Na gut." Er zuckte mit den Schultern. „Was halten Sie vom Segeln?"

„Hab ich noch nie gemacht."

Er hatte mit Ja oder Nein gerechnet. „Möchten Sie mit mir segeln gehen?"

Sie brauchte ein paar Takte zu viel, um zu antworten. Er war schon kurz davor, einen Rückzieher zu machen und etwas Einfacheres vorzuschlagen, wie einen Kinobesuch oder vielleicht Bowling, als ihr sanftes Lächeln wieder auftauchte und sie nickte. „Ich habe das Gefühl, dass das eine Menge Spaß machen wird."

Er grinste. „Es wird Ihnen gefallen." Jetzt musste er nur noch geduldig auf den Samstag warten. Er schlug die Tür hinter sich zu und öffnete ihre. Plötzlich schien der Samstag zu weit weg zu sein. Das war neu für ihn. Von einer Frau so fasziniert zu sein, anstatt sich von ihr entfernen zu wollen. Welche Überraschungen hielt Addison Ray noch für ihn bereit?

KAPITEL ACHT

Die vergangenen paar Tage waren so langsam vergangen, wie noch nie in Kyles Leben. Er konnte sich nicht daran erinnern, wann er sich das letzte Mal darauf gefreut hatte, Zeit mit einer Frau außerhalb des Schlafzimmers zu verbringen. Verdammt, er konnte sich nicht daran erinnern, wann es ihm das letzte Mal gefallen hatte, einfach nur dazusitzen und mit einer Frau zu reden, mit der er nicht verwandt war, schon gar nicht wieder und wieder. Sie hatten zusammen zu Mittag gegessen, dann zu Abend, lange Fahrten unternommen, und jetzt, auf dem Weg zum Liegeplatz des Segelboots, ließ sein Interesse nicht im Geringsten nach. Wenn überhaupt, wurde Addison immer interessanter für ihn.

„Welcher Gedanke lässt sie so strahlen?" Addison saß auf der Beifahrerseite angeschnallt und lächelte so freudig und hell, dass sie beide Meeresküsten erleuchten könnte.

„Ach, nicht so wichtig."

„Autsch." Sie lachte. „So schlimm?"

Doch dann lächelte er. „Nein, eigentlich nicht. Ich hatte gehofft, dass Ihnen Segeln noch mehr Spaß macht als Minigolf oder Gokart-Fahren."

„Ich hoffe, Sie haben recht." Ihre Hände lagen auf ihrem Schoß, und zum ersten Mal, seit er sie abgeholt hatte, bemerkte er, dass sie ihre Finger verschränkt hielt.

„Waren Sie schon einmal auf einem Boot?" Er konnte nicht glauben, dass es ihm nicht früher eingefallen war zu fragen.

Ihr Kopf schwenkte schnell nach links und dann nach rechts. „Leider nicht."

„Es gibt keinen Grund, nervös zu sein." Langsam streckte er eine Hand aus und drückte kurz ihre. „Das Segelboot ist absolut sicher."

Ihre Hände beruhigten sich, und sie nickte. „Da bin ich mir sicher. Wie heißt das Boot noch mal?"

„*Fidelis*. Das ist Lateinisch für treu." Obwohl sie sich bemühte, lässig zu wirken, merkte er, dass sie Nervosität unterdrückte. „Wäre es Ihnen lieber, wir würden etwas anderes machen? Etwas auf dem Festland? Vielleicht Bowling?"

Ihr Lächeln kehrte zurück. „Nein, ich bin ein schlechter Bowler."

„Dann heißt es wohl segeln."

Den Blick geradeaus gerichtet und die Hände ruhig haltend, nickte sie, nicht ganz überzeugt, aber doch weniger nervös. „Dann also segeln."

Die verbleibende kurze Strecke bis zum Jachthafen verbrachten sie in dem, was in den Romanen seiner Schwester immer als angenehmes Schweigen bezeichnet wurde. Bis jetzt hatte er nicht wirklich über diesen Ausdruck nachgedacht, aber jetzt ergab er absolut Sinn. Es war ihm völlig egal, ob sie etwas sagte, solange sie bei ihm war.

Nach ein paar weiteren Minuten bog er um die Ecke auf den kleinen Parkplatz. Als er das Auto umrundete, um ihr die Tür zu öffnen, stand sie bereits draußen, eine Hand über den Brauen, um die Augen vor der Sonne zu schützen, und starrte in die Ferne zu den angedockten Booten. „Welches ist die *Fidelis*?"

Aufgrund ihrer Größe lag die *Fidelis* nicht an diesem Teil des Jachthafens, sondern etwas weiter draußen vor Anker. Er deutete in die Ferne. „Da ist sie."

Er wünschte, er hätte sein Handy dabei, um ihren Gesichtsausdruck zu fotografieren, als sie erkannte, worauf er zeigte. Ihre Kinnlade klappte herunter, und sie riss die Augen auf. „Oh, wow! Sie ist größer, als ich gedacht habe."

Kyle brachte es nicht übers Herz, ihr zu sagen, dass die *Fidelis* noch größer aussehen würde, wenn sie näher kämen. „Die Familie ist früher mit ihr regelmäßig Rennen gefahren. Sie musste schnittig genug sein, um ein hohes Tempo zu erreichen, aber auch groß genug, um die Crew unterzubringen."

„Wie viele Crewmitglieder?"

„Kommt auf das Rennen an. Je länger die Strecke, desto mehr Leute mussten die Schichten wechseln."

Sie nickte. „Das ergibt Sinn."

„Kommen Sie hier entlang!" Er reichte ihr die Hand, und gemeinsam gingen sie zu dem kleinen Beiboot, das auf sie wartete.

Trotz ihrer leichten Nervosität stieg sie mit Leichtigkeit in das Beiboot. Jeder, der sie beobachtete, hätte denken können, dass sie das schon oft gemacht hatte. Als das kleine Boot vom Steg wegfuhr und sich der *Fidelis* näherte, wurden ihre Augen etwas größer. „Sie ist wunderschön."

Er konnte sich ein Grinsen nicht verkneifen. „Das ist sie. Und sie ist yar. Der Traum eines jeden Seemanns."

„Yar?" Sie wandte sich ihm zu.

„Es ist eigentlich ein ziemlich altmodisches Wort, aber da mein Großvater uns das Segeln beigebracht hat, verwenden wir es immer noch. Yar bedeutet schnell und wendig, leicht zu handhaben, zu reffen und zu lenken. Es gibt kein besseres Wort dafür. „

„Und in einem Rennen wäre so etwas wichtig."

Das war keine Frage.

Auf dem Schiff angekommen, winkte er dem Kapitän und einem der Matrosen zu. Der Kapitän und er unterhielten sich kurz über den Plan für den Nachmittag, dann führte er Addison herum. Nicht, dass es an Deck viel zu sehen gäbe. Die Familie hatte das Boot für Komfort und Freizeit umgerüstet, aber es war immer noch ein Rennboot, was bedeutete, dass es an Deck nicht wirklich einen Platz gab, an dem man bequem sitzen und die Aussicht genießen konnte.

„Wow, das ist wirklich beeindruckend!" Sie lächelte und hielt sich an der Seite fest, um das Gleichgewicht zu halten, als sie die gegenüberliegenden Stufen hinunterstieg. Anstatt eine Stufe in voller Breite zu haben, war jede nur halb so groß, um nicht so viel Platz unter Deck zu beanspruchen, aber mehr Stabilität als eine Sprossenleiter zu bieten. „Ich weiß nicht, ob ich so eine Treppe schon einmal gesehen habe."

„In einem Rennschiff muss alles so kompakt und konsolidiert sein, wie es nur geht. Stromlinienförmigkeit in allen Aspekten ist der Schlüssel zum Sieg im Rennen."

„Klingt logisch. Eigentlich wäre das gar keine so schlechte Idee für enge Räume, in denen Architekten und Designer schmale Wendeltreppen einbauen."

Zurück an Deck, sprach er noch einmal mit dem Kapitän und wandte sich dann an Addison. „Es gibt ein paar Dinge, die ich Ihnen sagen muss, bevor wir ablegen."

Sie nickte.

„Dies wird eine gemächliche Fahrt, aber wenn wir einen guten Wind erwischen, ist dieses Baby für Tempo ausgelegt."

Wieder nickte sie.

„Ich möchte nicht, dass Sie in Panik geraten oder

nervös werden, wenn Sie merken, dass das Boot kippt.“

„Kippt?“

Er winkelte den Ellbogen an und demonstrierte einen Winkel von fünfundvierzig Grad. „Ja, aber nur so wenig.“

„Aha …“ Ihre Stimme war eine Oktave höher.

„Ja. Die Segel werden fast waagerecht stehen. Ich glaube nicht, dass das passieren wird, aber falls doch, gibt es keinen Grund zur Sorge.“

„Ähm, okay.“

Er lächelte über ihr Zögern. „Wirklich. Bei einem echten Rennen um den Pokal berühren die Segel oft das Wasser.“

Jetzt waren ihre Augen so groß, dass sie einen perfekt symmetrischen weißen Ring um die tiefblauen Kreise, die ihm so ans Herz gewachsen waren, bildeten. „Jetzt veräppeln Sie mich.“

„Nein. Aber wie ich schon sagte, kein Grund zur Sorge.“

Ihre Lippen bewegten sich kaum, als sie leise wiederholte: „Kein Grund zur Sorge.“

„Ich werde der Crew helfen, das Schiff segelfertig zu machen.“ Er ging mit ihr an den Rand des Decks. „Setzen Sie sich hierhin, ziehen Sie Ihre Schuhe aus und hängen Sie Ihre Beine über die Bordwand.“

„Kann ich mich nicht einfach dorthin setzen, wo Sie sind?“

Er schüttelte den Kopf. „Erst wenn Sie gelernt haben, wie man segelt. Machen Sie es sich erst einmal hier bequem. Sobald wir fertig sind und die Segel am Mast gehisst sind, wird Tim die Leine lösen, und wir können in See stechen.“ Er sah ihr zu, wie sie sich langsam auf die Kante setzte – etwa so, wie ein arthritisches Haustier sich vorsichtig in sein weiches Bett legen würde. „Okay, und jetzt halten Sie sich an der Rettungsleine fest.“

Sie hob eine Augenbraue fragend in die Höhe.

„An der Reling. Bis Sie sich an den Seegang gewöhnt haben, werden Sie sich an etwas festhalten wollen, und das ist die beste Möglichkeit."

Sie holte tief Luft, schwang die Füße über den Rand, krallte die Finger um das dünne Drahtseil, das als Geländer diente, und betete wahrscheinlich, dass sie nicht über Bord gehen würde.

Aufgrund ihres festen Griffs traten ihre Fingerknöchel weiß hervor. Er konnte sich nicht recht entscheiden, ob er über ihre Bemühungen, ein tapferes Gesicht zu machen, lachen oder sie zurück an Land bringen sollte. „Bereit?"

Wieder hob sich ihr Brustkorb, da sie tief einatmete, und sie nickte. „So bereit, wie ich nur sein kann."

Er hoffte, dass das stimmte. „Dann geht's jetzt los!"

Soweit sie es verstanden hatte, gehörten die beiden dürren Männer, die sich auf dem Deck bewegten, zur regulären Besatzung des Segelboots, und im Moment war Kyle ihre zusätzliche Hand – im wahrsten Sinne des Wortes, denn alles, was er zu tun schien, tat er nur mit seinem guten Arm. Mit dem Rücken zur Crew hatte sie keine Ahnung, was sie genau taten, aber sie holte noch einmal tief Luft. Im selben Moment wehte eine frische Golfbrise über sie hinweg, die erfrischend und beruhigend zugleich war. Sie erinnerte sich daran, dass sie keinen Grund hatte, nervös oder besorgt zu sein. Was machte es schon, wenn sie auf dem äußersten Rand saß und ihre Beine herunterbaumelten? Er zwang sie ja nicht, über eine Planke zu gehen oder ihre Füße in Zement eingießen zu lassen.

Tatsache war, dass sie sich unnötig Sorgen machte und sich zusammenreißen musste. Sowohl im wörtlichen als auch im übertragenen Sinne. Während sie so dasaß und sich die Angst von der Seele redete, setzte sich das Boot in Bewegung, und sie atmete noch einmal tief durch. Nach zwei Minuten fuhr es langsam auf das Meer hinaus. Sehr langsam. So langsam, dass sie ihren Griff lockerte und sich kopfschüttelnd im Stillen schalt, weil sie sich so dumm angestellt hatte.

Weitere Minuten vergingen, und das Boot schien sich in einem gleichmäßigen, aber angemessenen Tempo zu bewegen. Sie wagte es, die Reling kurz loszulassen, um eine verirrte Haarsträhne zurückzustreichen. Das Boot schien ein wenig an Fahrt zu gewinnen. Gerade so viel, dass das Wasser Wellen schlug und ihre Fußsohlen kitzelte, aber nicht schnell genug, um ihre Nerven wieder in Aktion treten zu lassen.

„Fühlen Sie sich besser?" Die Hosenbeine halb über die Waden gerollt, setzte er sich neben sie und ließ die Beine über den Rand baumeln.

„War es so offensichtlich?"

„Total." Er lachte. „Ich hatte sogar überlegt, einen Rückzieher zu machen."

Sie konzentrierte sich auf den Horizont und betrachtete das Wasser, das sie umgab, und die warme Sonne, die auf das glatte Segelschiff schien. „Ich bin froh, dass Sie es nicht getan haben. Es ist eigentlich sehr schön."

Kyle nickte zustimmend. „Es ist etwas Besonderes, die Welt hinter sich zu lassen und mit Mutter Natur zusammen zu sein."

„Das Traurige ist nur, dass wir irgendwann in die Realität zurückkehren müssen, ob es uns gefällt oder nicht.

„Ist die Realität so schlimm?"

Sie schüttelte den Kopf. „Nur ein bisschen dürftig."

„Kein Glück bei der Jobsuche?"

„Nein, nicht so recht." Sie rutschte hin und her und hatte nicht mehr das Bedürfnis, sich so fest an der Reling festzuhalten. „Ich habe genug Lebensläufe verschickt, um ein ganzes Zimmer zu füllen."

„Keine Reaktionen?"

„Noch nicht. Ich weiß, dass es eine Weile dauern kann. Wenigstens habe ich eine nette Abfindung bekommen, sodass ich mir keine Sorgen machen muss, wie ich meine Rechnungen bezahlen oder Lebensmittel kaufen soll." Offenbar hatte sie *noch nicht* hinzufügen wollen, es sich aber verkniffen. „Offenbar scheinen Sie alles zu haben, was sich die meisten Menschen wünschen. Geld, Familie, Freunde. Wovor flüchten Sie?"

„Dem Lärm."

Das war nicht die Antwort, die sie erwartet hatte. Nicht, dass sie etwas Bestimmtes erwartet hätte, aber das hier war dennoch überraschend. „Würden Sie das bitte erläutern?"

Ein hübsches Lächeln breitete sich auf seinem Gesicht aus. „Auch wenn ich sehr extrovertiert bin, ist mein Leben im Allgemeinen immer in Bewegung. Ständig erhalte ich einen Anruf oder eine Textnachricht, nicht zu vergessen die sozialen Medien oder die Medien im Allgemeinen. Und bei einer so großen Familie wie meiner gibt es oft kleinere oder größere Krisen, die alle zu den Waffen rufen."

„Letzteres muss schön sein."

„Der Ruf zu den Waffen? Das liegt daran, dass der Clan von einem ehemaligen Marineoffizier geleitet wird."

„Das, aber auch, überhaupt eine Familie zu haben, die einem beisteht. Als Einzelkind mit nur zwei Cousins ersten Grades, die in verschiedenen Staaten leben, gibt es keine Kavallerie, die mir zu Hilfe kommt, wenn etwas schiefläuft.“

„Das kann ich mir gar nicht vorstellen. Ich beschwere mich zwar regelmäßig über meine Geschwister oder Cousins, aber ich will nicht wissen, wie es wäre, sie nicht in meinem Leben zu haben.“ Er schüttelte den Kopf. Zwar war sein Gesicht ihr zugewandt, sein Blick jedoch in die Ferne gerichtet. Der traurige Schimmer in seinen Augen vermittelte ihr den Eindruck, dass er nicht nach vorn, sondern zurück blickte. „Vor nicht allzu langer Zeit hätte ich beinahe meine jüngste Schwester Siobhan verloren. Wäre nicht die Freundin meines Bruders Chase – mittlerweile seine Frau – gewesen, hätten wir sie viel zu früh verloren.“

„Wie alt ist sie jetzt?“

Er lächelte. Das Glitzern kehrte in seine Augen zurück. „Zweiundzwanzig, vielleicht dreiundzwanzig. Schwer, da mitzuhalten. In meiner Vorstellung ist sie immer noch sechzehn und ein kleiner Knallfrosch. Ein Auto ist in das Hotel gekracht, in dem meine Familie aufgrund der Hochzeit eines Cousins übernachtete, und wenn C.J. nicht Krankenschwester wäre, wäre Siobhan verblutet.“

„Oje.“

„So kann man es auch ausdrücken.“ Kyle klopfte sich mit der gesunden Hand auf den Oberschenkel und lächelte strahlend. „Aber es hat keinen Sinn, sich damit aufzuhalten, was hätte sein können.“

„Stimmt.“

„Mr. B?“ Einer der beiden Männer, die am Steuer des Bootes gesessen hatten, stand auf einmal hinter ihnen. „Schauen Sie mal auf die Backbordseite!“

Kyle blickte über seine Schulter und hinter den Mann. Sein Lächeln wurde noch breiter, und das Funkeln in seinen Augen verwandelte sich in ein regelrechtes Glitzern. „Zu gut, um es zu ignorieren.“

„Ich dachte mir schon, dass Sie das sagen würden."
Der Typ hatte das gleiche schelmische Grinsen im
Gesicht wie Kyle.

Sie hatte keine Ahnung, wovon sie sprachen, aber
die heitere Ruhe, die sich endlich in ihr eingenistet
hatte, wurde plötzlich von einer Schar aufgeregter
Gänse verdrängt, die in ihrer Magengrube herumflatter-
ten.

KAPITEL NEUN

„„J etzt, wo Sie Seemannsbeine haben." Kyle tätschelte ihr Knie und richtete sich auf.

„Ich habe Seemannsbeine?" Das war neu für sie.

„Ja, haben Sie." Er lächelte. „Das Boot neben uns hat uns zu einem kleinen Rennen angestachelt."

„Rennen?" Das Wort war wie ein Quietschen herausgekommen.

„Entspannen Sie sich. Ein freundschaftliches Rennen."

Sie wollte gar nicht wissen, wie ein nicht-freundschaftliches Rennen sein würde.

„Ein paar Dinge sollten Sie wissen, bevor wir die Geschwindigkeit erhöhen."

Auch das war etwas, das sie nicht gerne hörte.

„Es ist ein guter Tag zum Segeln. Wenn der Wind auffrischt und wir loslegen, kann es sein, dass es sich anfühlt, als würden wir kippen."

„Kippen?"

Er hielt seine eingegipste Hand hoch. „Ich sagte, es würde sich so *anfühlen*. Wir sind nicht dafür ausgerüstet, so schnell zu fahren, dass die Segel das Wasser berühren, seien Sie also versichert, egal, wie weit wir uns neigen, sie ist dafür gebaut. Sie wird nicht kippen. Das verspreche ich. Aber wenn der Wind dreht, müssen wir vielleicht kreuzen – sorry, den Kurs des Bootes ändern, indem wir die Segel auf die andere

Seite setzen. Seien Sie also darauf vorbereitet, und halten Sie sich gut fest, denn in ein paar Minuten werden wir es mit dieser Dame so richtig krachen lassen."

Er brauchte ihr nicht zu sagen, dass sie sich gut festhalten sollte. In dem Moment, in dem das Wort *Rennen* über seine Lippen gekommen war, hatte sie die Rettungsleine ergriffen. Als *kippen* hinzugekommen war, hatte sie sie noch fester gepackt. Sie hatte keine Ahnung, was Kyle und die anderen beiden taten, aber irgendwie schien das Segel voller zu sein, und bevor sie auch nur daran denken konnte, unter Deck zu gehen und sich vielleicht hinzulegen, vorzugsweise weg von den Luken, nahm das Boot tatsächlich Fahrt auf – und zwar schnell.

Der Wind peitschte und brachte ihr Haar durcheinander. Ihr kam der Gedanke, es hochzustecken, aber sie wagte nicht, das Seil loszulassen. Das Wasser klatschte hoch an die Seiten des Bootes und spritzte noch heftiger gegen ihre Füße, sodass sie zwischen Lachen und Kreischen hin- und hergerissen war. Sie brachte es über sich, über ihre Schulter zu schauen. Irgendwie schaffte es Kyle, streng und ernst auszusehen und gleichzeitig zu lachen. Wie sie zu dritt auf einem auf den Wellen schaukelnden Boot gehen konnten, war ihr ein Rätsel.

Es vergingen noch ein paar Minuten, dann neigte es sich langsam zur Seite. Stark. Sie dachte an das, was er gesagt hatte, und wiederholte im Geiste: *Das ist okay, das ist okay.* Ein weiterer Blick in ihre Richtung zeigte ihr, dass die drei Männer sicher dastanden, als wären sie auf festem Boden. Kyle befand sich hinter dem Steuer, und die anderen beiden gingen umher und taten wer weiß was. Sie unterließ es, das Offensichtliche zu fragen: Sollte man nicht zwei gesunde Hände haben, um das Steuer zu bedienen? Kyle wandte den Blick vom Horizont ab und schaute zu dem anderen Boot, das in der Ferne mit der gleichen Geschwindigkeit segelte. War die ganze Welt verrückt?

„Geht es Ihnen gut?" Kyles laute Stimme übertönte das Geräusch des Windes, der nach wie vor um sie herumpeitschte.

Sie wollte etwas zurückrufen, aber aus Angst, es könnte als Kreischen herauskommen, nickte sie lediglich. Der Wind wehte ihr das Haar heftig ins Gesicht, und nachdem sie tief eingeatmet hatte, wagte sie es, mit einer Hand loszulassen und die Strähnen hinter ihr Ohr zu stecken. Nach ein paar Minuten konnte sie aufgrund ihrer Locken, die ihre Augen erneut verdeckten, nichts sehen – nicht, dass es im Moment schlecht wäre, nicht klar zu sehen –, aber sie versuchte dennoch, ihre Haare wegzupusten. Als sie merkte, dass das ein aussichtsloser Kampf war, strich sie die Strähne wieder mit einer Hand weg.

War das nicht die Definition von Wahnsinn? Immer wieder das Gleiche zu tun und andere Ergebnisse zu erwarten? Frustriert über ihr Haar, das ihr ins Gesicht wehte, ließ sie die Leine los und suchte in ihren Taschen nach etwas, um die losen Strähnen zurückzubinden. Da sie kein Glück hatte, bewegte sie sich gerade so weit, dass sie ihre Handtasche heranziehen konnte, und kramte nach einer Spange. Triumphierend grinste sie, strich sich das Haar aus dem Gesicht und steckte sich die Spange hoch auf den Kopf, sodass ein Pferdeschwanz entstand, der sie wahrscheinlich wie Madonna in den 1980er Jahren aussehen ließ, aber das war ihr im Moment egal. Solange ihr Haar nicht mehr um ihr Gesicht peitschte, war sie zufrieden.

Sie drehte sich um, blickte nach vorn und griff nach der Reling. Da fiel ihr auf, dass sie sich ja eine Zeit lang gar nicht festgehalten hatte. Und nicht nur das, sie hatte sich auch bewegt, um sich das Haar aus den Augen zu halten. Das Segelboot neigte sich weiterhin zu einer Seite, und zum ersten Mal wurde ihr bewusst, dass sie flogen. Sie hatte keine Angst mehr und drehte sich um, um Kyle anzusehen. Er stand immer noch am Steuer und konzentrierte sich auf einen weit entfernten Punkt vor ihr. Neugierig geworden, schaute sie zu dem Boot hinüber, mit dem dieses ganze Rennen offenbar begonnen hatte. Das Schiff mit dem rot-gelben Segel war Kyle dicht auf den Fersen, und ihr wurde klar, dass sie vor ihm waren.

Eine Welle der Aufregung durchfuhr sie. Sie lagen voraus. Addison wirbelte herum, nahm ihr Handy in die Hand und machte Fotos. Anders als vorhin war der Wind in ihrem Gesicht nicht mehr nervig und beängstigend, sondern belebend. Ein weiterer Blick über ihre Schulter, und das rot-gelbe Segel war noch weiter hinter ihnen. Sie waren am Gewinnen! Sie konnte nicht glauben, dass sie das dachte, aber dann rief sie Kyle zu: „Schneller!"

Die Herausforderung eines guten Rennens zu ignorieren, war etwas, worin Kyle noch nie besonders gut gewesen war. Wenn es um Geschwindigkeit ging sowie um die Gelegenheit zu zeigen, was die Baron-Segelboote und Autos draufhatten, war er dabei. Seit die *Fidelis* aus dem Rennbetrieb genommen und in Texas eingedockt worden war, waren die Kincaid-Jungs immer heiß auf ein Rennen. Es schadete nicht, dass ihr Vater genug Geld hatte, um ihnen mehr als nur schnelle Autos, Boote und Frauen zu gönnen. Obwohl Kyle ziemlich sicher war, dass ihr Interesse nicht nur an Kyle und seinem Beruf als Rennfahrer lag, sondern auch an dem Wunsch, ein ehemaliges *America's-Cup-*

Championboot zu überholen.

Über die Wellen zu gleiten, nah genug am Wasser, um es berühren zu können, wenn er wollte, war für ihn der Himmel auf Erden. Wahrscheinlich hätte er es mit Addison an Bord jedoch nicht mit den Kincaids aufnehmen sollen. Seit der Sekunde, in der sie das Boot betreten hatte, wusste er, dass sie sich nicht wohlfühlte. Die Art, wie sie sich an der Reling festgehalten hatte, hatte ihm das deutlich gezeigt. Aber als er sie *schneller* rufen hörte, wäre er fast über Bord gefallen.

Sie feuerte ihn und seine Männer nicht nur an, sondern ließ auch die Reling los und rutschte hinüber, sodass sie das Gleichgewicht halten konnte, während sie Fotos machte. Er war der Meinung gewesen, dass ihn wenig überraschen könnte, aber genau das hatte sie getan. Mit einer kurzen Geste wies er den Skipper an, das Steuer zu übernehmen. „Sie gehört dir."

Kyle bewegte sich in Addisons Richtung und ließ sich neben ihr nieder.

„Das ist unglaublich." Ihr Lächeln war breit und ließ ihre Augen funkeln wie die Sonne auf dem Wasser.

Plötzlich war er mehr als froh, dass er die Herausforderung der Brüder angenommen hatte. „Ich hoffe, du erwartest nicht, dass ich widerspreche. Und ich hoffe, es ist in Ordnung, wenn wir uns duzen."

Sie nickte und schaute dann über ihre Schulter. Ihr Gesichtsausdruck wurde todernst. „Oh, nein! Sie holen uns ein."

Er lachte. „Keine Sorge. Du musst noch eine Menge über Rennen lernen."

„Und deine Crew kennt sich aus?"

Kyle nickte. „Oh ja. Mein Großvater hat meiner Schwester Siobhan zu ihrem achtzehnten Geburtstag ein Rennboot geschenkt, und Mick und Tim sind die Führungscrew."

„Deine Schwester ist mit achtzehn Segelrennen gefahren?"

„Sie ist mit Booten aufgewachsen und weiß genauso viel über das Segeln wie wir alle. Aber ich glaube, es wird noch ein paar Jahre dauern, bis sie an einer offiziellen Regatta teilnehmen wird." Wieder lachte er. „Aber wenn es nach ihr ginge, wird das eher früher als später der Fall sein."

Das Boot kippte in die entgegengesetzte Richtung, und ein Schwall Wasser schwappte über das Deck und auf die beiden, was Addison erneut zum Kreischen brachte. Langsam gefielen ihm ihre ausgelassenen Schreie. Eigentlich gefiel ihm mittlerweile eine Menge an der schönen Brünetten an seiner Seite.

„Woher wissen wir, wann wir gewonnen haben?" Das Handy vor ihr bewegte sich langsam von links nach rechts, und er erkannte, dass sie ein Video und keine Fotos aufnahm. Sie ließ die Hände sinken. „Oh, nein! Sie halten an."

Er schaute über seine Schulter. Die Kincaids waren weit zurückgefallen und kamen fast zum Stillstand. Das Schwierigste an einem Segelboot war, dass es vom Wind abhängig war, aber in diesem Fall wehte er immer noch stark. „Sieht aus, als hätten sie den Kampf aufgegeben. Dieses Mal."

„Dieses Mal? Du kennst sie?"

„Die Kincaid-Jungs?" Er nickte. „Es ist ein kleiner Jachthafen. Jeder kennt jeden. Oder zumindest deren Boote."

„Ich verstehe." Sie bewegte sich leicht und steckte ihr Handy zurück in ihre kleine Handtasche. „Was passiert, wenn es keinen Wind gibt?"

„Wir haben einen Motor, wenn der Wind nicht mitspielt oder wenn unerwartet schlechtes Wetter aufzieht und wir ausweichen müssen."

„Passiert das oft?"

„Manchmal. Das Wichtigste ist, dass man immer seinen Benzinstand überprüft. Das Letzte, was man will, ist, auf die harte Tour zu erfahren, dass einem der Sprit ausgegangen ist.“

Ihre Augen funkelten vor Belustigung. „Ich bin sicher, dass dir so etwas noch nie passiert ist.“

„Mir?“ Er schlug sich eine Hand auf die Brust und lachte. „Kann sein, aber das ist eine Geschichte für einen anderen Tag.“

Sie lächelte ihn immer noch an und nickte. „Also, was jetzt?“

„Das liegt an dir. Wir können noch ein bisschen länger auf dem Wasser bleiben. Die Küche unten ist voll funktionsfähig. Tim kann tolle Krabben machen.“

„Frisch, natürlich.“ Sie lächelte zu ihm hoch.

Er nickte.

„Ich glaube, das würde mir gefallen.“

Das Boot war langsamer geworden und fuhr in einem gemächlicheren Tempo am Ufer entlang. Da das Rennboot keinen bequemen Sitzplatz an Deck hatte, zogen sie unter Deck um, wo die Räume ähnlich wie in einem Wohnmobil vielseitig nutzbar waren. Der zentrale Bereich konnte bei Bedarf in einen zusätzlichen Schlafplatz umgewandelt werden. Ansonsten boten ein großer Tisch und eine u-förmige Sitzgruppe einen gemütlichen Platz zum Essen, Spielen oder sogar zum Arbeiten, falls jemand dumm genug war, seine Zeit auf See an einem Computer zu verbringen.

Es dauerte nicht lange, bis Tim etwas zu essen zubereitet hatte und sie aufforderte, sich zu setzen. Addison starrte auf den gedeckten Tisch. „Schade, dass wir die frische Luft nicht hierherbringen können.“

Er schaute zu Tim, und dieser zuckte mit den Schultern.

„Wenn es dir nichts ausmacht, wenn es ein bisschen unbequemer ist?“ Er deutete auf die Sitzkissen. „Wir könnten sie einfach aufs Deck legen.“

„Eine Art Picknick.“ Sie grinste.

„Ganz genau." Kyle wandte sich an Tim. „Du hast die Dame gehört."

Sie ging zum Sofa, um sich eines der Kissen zu schnappen.

„Die Jungs werden sie hochtragen." Kyle griff nach ihrer Hand.

„Das mache ich schon." Sie schüttelte den Kopf, griff nach einem der kleineren rechteckigen Kissen und reichte es ihm. „Hier, bitte!"

Kyle brach in Gelächter aus und nahm das Kissen entgegen. „Ja, Ma'am."

Sie machten es sich an Deck gemütlich und aßen Krabben und Muscheln mit frisch geröstetem Knoblauchbrot. Er saß mit gekreuzten Beinen wie ein kleines Kind da und mampfte, während sie ihm von ihrer Jobsuche erzählte.

„Ich möchte lieber nicht zu weit von Mom wegziehen."

„Das kann ich verstehen."

„Aber andererseits …" Sie hielt inne, und er wartete geduldig, bis sie ihren Gedanken zu Ende geführt hatte. „Ich muss zugeben, dass es Vorstellungsgespräche für Stellen gibt, die einen schnellen Aufstieg in eine höhere Gehaltsklasse bedeuten würden, aber zu weit weg sind, um zum Sonntagsessen nach Hause zu fahren. Eine Option in Midland ist sehr verlockend."

Im Öl- und Gasgeschäft gab es in Westtexas wahrscheinlich mehrere Optionen. Es könnte sie aber auch bis nach Alaska führen. Beide Möglichkeiten gefielen ihm nicht. „Warst du schon einmal in der Gegend von Midland und Odessa?"

Sie schüttelte den Kopf.

Das war eine Sache, die einen Vorteil für ihn darstellen könnte. Falls sie ein Vorstellungsgespräch im trockenen und staubigen Westen von Texas haben sollte, könnte sie merken, dass der gar nicht so reizvoll war. Aber wenn ihre Wahl auf einen atemberaubenden Ort wie Alaska fallen sollte, würde die Zeit, in der er sie besser kennenlernen könnte, bald zu Ende sein. „Aber du hast dich noch nicht auf diese Stellen beworben?"

Erneut schüttelte sie den Kopf.

Baron Enterprises hatte Hotels auf der ganzen Welt. Midland gehörte nicht dazu. Kurzzeitig fragte er sich, wie der Markt für Eigentumswohnungen mitten im Nirgendwo von Texas wohl aussehen würde.

„Es gibt auch eine Möglichkeit an der Ostküste, die eine interessante Abwechslung sein könnte. Ich muss noch etwas darüber nachdenken."

Gut, das gefiel ihm. Noch darüber nachdenken. Er würde mit Chase reden müssen. Herausfinden, ob es bei Baron Enterprises eine Stelle gab, die für eine Öl- und Gasingenieurin verlockend war, und sie näher an dem einen Ort halten, an dem er oft war. Nicht, dass er eine Ahnung hätte, was das sein könnte. „Was hast du morgen vor?"

Sie zuckte mit den Schultern. „Am Morgen gehe ich mit Mom in die Kirche. Danach werde ich mich wahrscheinlich in mein Buch vertiefen. Wahrscheinlich werde ich aber auch am Computer nach weiteren Jobs suchen."

„Willst du mit mir essen?"

„Ich weiß nicht, ob ich noch Lust auf weitere Abenteuer habe." Sie lächelte ihn an und biss in ein Stück Toast, das sie in die Knoblauchbutter getaucht hatte.

„Keine Abenteuer. Meine Familie isst jeden Sonntag auf der Ranch meiner Großeltern zu Abend."

„Dort, wo du mich von der Straße gedrängt hast?"

„Ja. Und das tut mir wirklich leid. Normalerweise bin ich nicht so ein Idiot."

„Ich weiß." Sie blinzelte. „Und du hast dich sehr

nett dafür entschuldigt."

„Also ist mir vergeben?"

Sie nickte.

„Ausgezeichnet. Und das Essen morgen?"

Sie zögerte, und er wusste, dass sie nach einer höflichen Möglichkeit suchte, Nein zu sagen.

„Es ist Kälberzeit. Magst du Tierbabys?" Da sie als Freiwillige im Tierheim arbeitete, wusste er bereits, wie ihre Antwort lauten würde. Er war sich nur nicht sicher, ob Kälber für sie ebenso reizvoll waren wie Kätzchen.

Sie öffnete den Mund und schloss ihn sofort wieder. „Kälber?"

Er nickte.

„Oh." Ihr Gesichtsausdruck entspannte sich. „Wie süß."

Bingo. Er hatte richtig vermutet und ihr ein Angebot gemacht, zu dem sie nicht Nein sagen konnte. „Gut. Dann werde ich dich um vierzehn Uhr abholen."

„Aber …"

„So haben wir genug Zeit, um herauszufinden, was es in der Scheune Neues gibt."

Sie seufzte schwer und nickte dann. „Vierzehn Uhr, alles klar."

„Sehr gut."

Er griff nach einer Krabbe, hielt jedoch auf halbem Weg zu seinem Mund inne. Bis jetzt hatte er alles getan, um die Frauen in seinem Leben von seinem Großvater fernzuhalten. Was hatte er da gerade getan?

KAPITEL ZEHN

Was tat sie da? Addison schlüpfte in ihre Lieblings-Keilsandalen. Bequem, nicht zu schick, nicht zu leger. Sie passten gut zu einer Jeans oder einem Kleid. Aufgrund ihrer texanischen Erziehung lehnte sie Bluejeans bei einem Sonntagsessen ab, aber sie wollte auch nicht overdressed sein. Die Schuhe auszuwählen, war einfach gewesen. Nun hatte sie drei Paar Caprihosen und zwei Kleider auf ihrem Bett liegen, und die Entscheidung, was davon sie anziehen sollte, war deutlich schwieriger. Schließlich entschied sie sich für ein marineblaues Sommerkleid mit Rundhalsausschnitt und langen Ärmeln.

„Du siehst aber hübsch aus!" Ihre Mutter legte ihr Strickzeug beiseite und sah ihre Tochter an. „Du magst diesen jungen Mann wirklich, nicht wahr?"

Addison zuckte mit den Schultern. Was sollte sie darauf antworten? „Ich glaube schon."

Ein Motor röhrte in der Einfahrt und verstummte dann. Ihre Mutter hob den Kopf und schaute aus dem Fenster. „Na ja, zumindest ist er pünktlich. Und er hat einen guten Geschmack bei Autos."

„Ach, Mutter!"

Ihre Mutter zuckte mit den Schultern. „Du weißt doch, was deine Großmutter immer gesagt hat. Es ist genauso einfach, sich in einen reichen Mann zu verlieben …"

„… wie in einen armen Mann", beendete sie den Satz für ihre Mutter, küsste sie auf die Wange und griff nach ihrer Handtasche. Ihre Mutter irrte sich, wenn sie glaubte, dass das üppige Bankkonto, das dieser Mann oder zumindest seine Familie vermutlich hatte, sie beeinflussen würde. Liebe hatte nichts mit Geld zu tun. „Lass deine Fantasie nicht mit dir durchgehen! Ich werde nicht zu spät nach Hause kommen."

„Viel Spaß!"

Ein Teil von ihr war nervös wegen des Essens mit Kyles Familie. Wären sie schon ein Paar, hätte sie vielleicht etwas in die Einladung hineingelesen, aber nach nur wenigen Verabredungen in nicht einmal zwei Wochen musste es hierbei nur um die Tiere gehen. Schließlich war Kyle offenbar nur daran interessiert, Spaß zu haben, zu leben. Richtig zu leben. Das brachte ganz neue Gedanken ins Spiel. Was für ein Mann hatte so viel Zeit und Geld zu verschenken? Jetzt, wo sie darüber nachdachte, wurde ihr klar, dass sie immer noch nicht wusste, was er beruflich machte. Was auch immer es war, Geld schien für diese Familie kein Thema zu sein. Vielleicht hätte sie sich mehr herausputzen sollen?

Bevor er klingeln konnte, riss sie die Haustür auf. „Hallo."

Kyle schenkte ihr ein breites Grinsen. „Hi. Bereit?"

„Auf jeden Fall." Sie verdrängte den Gedanken daran, warum er offenbar so viel Geld hatte. Er holte sie in demselben Mercedes ab, mit dem er sie von der Straße gedrängt hatte. Ihre Gedanken kreisten wieder um die Frage, wie viel Geld diese Leute wohl hatten. Nicht, dass sie nicht schon herausgefunden hätte, dass sie reich waren. Wahrscheinlich sehr reich. Nach dem gestrigen Ausflug auf dem Segelboot wurde ihr klar, dass sehr reich wahrscheinlich eine grobe Untertreibung war, und plötzlich machte sie dieses ganze

Familienessen-Ding sehr nervös.

„Ich sollte dich warnen. Mein Großvater kann ein bisschen … exzentrisch sein.“

„Wie exzentrisch?“ Für viele Menschen war das ein euphemistischer Ausdruck für verrückt. Er könnte aber auch jemanden bezeichnen, der Tag und Nacht damit verbrachte, Wärmer für Bierflaschen zu stricken. Wieder einmal musste sich Addison fragen, worauf sie sich da eingelassen hatte.

„Mein Großvater ist nicht mehr der Jüngste und hat es satt, auf Urenkel zu warten.“

Sie hatte absolut keine Ahnung, worauf er hinauswollte.

„In letzter Zeit ist er dazu übergegangen, seine Enkel mit potenziellen Ehepartnern zu verkuppeln, die seinen Kriterien entsprechen.“

„Kriterien? Und welche wären das?“

„Das weiß nur der Himmel, aber meiner Schwester zufolge sind es meist breite Hüften. Gut, um kinderreiche Familien zu haben.“

Vielleicht sah sie jetzt eher Kyles verrückte Seite als seine lustige. Oder vielleicht war es die verrückte Seite, die die lustige anheizte.

„Jedenfalls werden wir alle unser Bestes tun, um dich vor einer Flut von Fragen zu schützen.“

„Etwa danach, wie breit meine Hüften sind?“, neckte sie.

Kyle lachte. „So ähnlich.“

„Okay. Ich weiß nicht, was ich erwartet habe, aber ein übermäßig neugieriger Großvater, der seine Enkel aufgrund seines Wunsches nach Urenkeln verheiraten will, damit kann ich umgehen.“

„Gut. Dann sind wir bereit.“

Sie fuhren vom Highway ab und auf eine schmale, zweispurige Landstraße, genau wie die, auf der sie sich kennengelernt hatten. Vielleicht war es sogar dieselbe

Straße. Sie waren nur ein kurzes Stück darauf unterwegs, als er unter einem großen eisernen Bogen, auf dem der Buchstabe B prangte, auf einen Feldweg abbog. Der schmale einspurige Weg schlängelte sich durch sanfte grüne Hügel, die auf beiden Seiten mit schwarzen Kühen gespickt waren. Es war kaum zu glauben, dass die Familienranch so nah an Houston und doch so weit weg war.

Als sie um eine Kurve gebogen waren, kam das Haus der Familie in Sicht. In diesem Moment würde sie jeden Penny, den sie besaß, einschließlich ihrer Rente, darauf verwetten, dass sie gerade in der Zeit zurückgereist war und sich der Ranch Tara aus *Vom Winde verweht* näherte. „Wow."

„Das ursprüngliche Haus hat der Urgroßvater meiner Großmutter gebaut. Im Laufe der Jahre gab es einige Ergänzungen und Renovierungen, aber die Familie hat die Fassade sehr gut erhalten."

„Mir fehlen die Worte! Umwerfend kommt mir in den Sinn. Atemberaubend gleich danach." Vor allem aber wurde ihr klar, dass diese Leute viel mehr Geld hatten, als sie angenommen hatte. Deutlich mehr.

„Wir alle lieben diesen Ort."

„Die Kühe deuten darauf hin, dass es sich um eine Arbeitsranch handelt?"

Er nickte. „Das ist es."

„Und wer ist der Rancher?"

Daraufhin lachte Kyle. „Eigentlich keiner von uns, aber wir könnten es alle sein, wenn wir müssten. Fast immer sieht man einen von uns oder meine Cousins auf einem Pferd oder in der Scheune oder beim Reiten am Zaun, beim Reparieren von Pfosten oder was auch immer zu tun ist."

Sie neigte den Kopf zur Seite, schloss ein Auge und starrte ihn an. Es war leicht, sich ihn in Jeans, einem karierten Hemd und einem weißen Stetson auf dem Kopf vorzustellen.

Die Straße bildete einen Kreis vor dem Haus. Kyle kam vor der riesigen Doppeltür zum Stehen, und wie aufs Stichwort eilte ein älterer Herr mit einem jüngeren Mann auf den Fersen die Treppe hinunter. „Miss Eve und Mr. Craig warten drinnen auf Sie. Der Senator ist in der Scheune."

„Und der Gouverneur?"

Der Mann schüttelte den Kopf. „Das jährliche Spendenkomitee hatte nach der Kirche eine Sitzung. Ihre Großeltern sollten bald zurück sein."

Als sie Kyle die Treppe hinauf folgte, schwirrten zwei Worte in Addisons Kopf herum: Senator und Gouverneur. Ein politischer Spitzname wäre denkbar, aber zwei? Die Eingangshalle kam ihr so groß vor wie ihre Wohnung. Zu ihrer Linken blickte eine hübsche Brünette von einem Sofa in einem Wohnzimmer auf. Ein Mann, dessen Haar zu dunkel war, um es blond nennen zu können, und dessen stechend grüne Augen großen Schmerz zu verbergen schienen, lächelte sie an. Als sie näher kam, traf es sie wie ein Blitzschlag. Kyle war ein Mitglied *der* Baron-Familie. Heiliger Strohsack! Und was jetzt?

Plötzlich wich sämtliche Farbe aus Addisons Gesicht. Kyle wusste nicht, ob sie einen Ventilator, einen Stuhl oder einen starken Drink brauchte.

„Du bist ein Baron?"

Er nickte und fragte sich, worauf sie hinauswollte.

„Dein Großvater ist der ehemalige Gouverneur Baron." Diesmal war es keine Frage.

Er nickte erneut und verstand endlich. Sie verknüpfte erst jetzt die Punkte seines Namens und seiner Familie.

„Ich glaube, ich werde ohnmächtig."

Da er nicht sicher war, ob sie es ernst meinte oder übertrieb, beschloss er, kein Risiko einzugehen, und legte einen Arm um ihre Taille.

Seine Schwester warf ihm einen interessierten Blick zu.

„Ich glaube, sie könnte etwas Wasser gebrauchen." Er führte sie zum nächsten Stuhl. Sein Bruder Craig ging zügig zur Bar und schenkte ihr ein Glas ein.

Eve schob Kyle beiseite und führte Addison die letzten paar Schritte zu dem bequemsten Stuhl im Raum. „Hier, bitte."

Während Addison es sich im Sessel ihres Großvaters bequem machte, nahm Eve das Glas, das ihr Bruder ihr hinhielt, entgegen und reichte es Addison. Diese trank einen Schluck. „Danke."

„Du musst wirklich lernen, etwas langsamer zu fahren", schalt Eve Kyle. „Nicht jeder ist dazu bestimmt, die Schallmauer zu durchbrechen."

„Zu deiner Information", entgegnete er, „ich habe mich an die Geschwindigkeitsbegrenzung gehalten."

„In Texas hält sich niemand an die Geschwindigkeitsbegrenzung." Craig trank einen Schluck von seinem eigenen Getränk.

„Nun, das habe ich aber." Er wollte nicht hinzufügen, dass er es nicht eilig gehabt hatte, das Haus der Familie zu erreichen. Nicht so sehr, weil er das Unvermeidliche hinauszögern wollte, sondern vielmehr, weil er einfach mehr Zeit mit Addison allein verbringen wollte.

„Bitte streitet nicht meinetwegen." Addison trank noch einen Schluck von ihrem Wasser. „Mir geht es gut. Es war nicht Kyles Fahrweise, die mich aus der Bahn geworfen hat."

Craig stand auf. „Soll ich Ihnen etwas Stärkeres holen?"

Addison lächelte seinen Bruder an. „Nein, danke. Mir geht es jetzt gut."

Der Plan für den Nachmittag war gewesen, eine Weile mit seinen Geschwistern zu verbringen, bevor der Gouverneur und seine Großmutter eintrafen. Addison zu helfen, sich wohlzufühlen, bevor sie sich dem Familien-Verkuppler stellte. Ein Besuch in der Scheune war für nach dem Essen geplant gewesen, aber jetzt war er der Meinung, dass eine kleine Baby-Tier-Therapie angebracht wäre. „Was hältst du davon, wenn wir in die Scheune gehen und die Tiere besuchen?"

Auch wenn die Farbe in ihr Gesicht zurückgekehrt war, zauberte der Vorschlag, die Tiere zu besuchen, ein Lächeln auf ihr Gesicht. „Das wäre sehr schön. Wenn es niemanden stört."

Eve lächelte die beiden an. „Mitch ist in der Scheune. Wir haben noch ein verwaistes Kälbchen. Er versucht, eine der Mütter, die ihr Kalb verloren hat, dazu zu bringen, es anzunehmen."

„Wenn jemand das kann, dann er." Kyle nickte und reichte Addison die Hand.

Sehr zögerlich nahm sie sie an, und wenn er sich nicht irrte, glaubte er zu spüren, wie ihre Anspannung nachließ, als sich ihre Finger mit seinen verbanden. Ihm gefiel der Gedanke, dass die Nähe zu ihm ihr vielleicht half, sich zu entspannen. Aber wahrscheinlich projizierte er nur seine eigenen Gefühle auf sie. Nur, weil ihre Hand in seiner seine Welt heller machte, hieß das noch lange nicht, dass sie genauso empfand.

Anstatt sie durch das Haus und die Hintertür zu führen, entschied er sich für den kürzeren Weg zum vorderen Eingang. Der Weg um das Haus herum zur Scheune wäre wärmer und länger, aber sein Instinkt sagte ihm, dass es weder in seinem noch in ihrem Interesse war, sie in diesem Moment dem großen Haus auszusetzen.

Als sie zur Tür hinausgingen, verlangsamte Kyle das Tempo, um mit ihr Schritt zu halten. Sie hatten die Hälfte des Wegs um das Haus herum geschafft, als er es endlich wagte, etwas zu sagen. „Frische Luft tut gut, nicht wahr?"

Sie nickte und ging ein paar Schritte weiter, bevor sie langsamer wurde und zu ihm aufblickte. „Deine Familie ist nach den Kennedys das, was einer königlichen Familie am nächsten kommt."

„Sag das nicht vor meinem Großvater!" Die Familie Baron wurde oft so genannt. Der Gouverneur hatte unmissverständlich klargestellt, dass er zwar nicht leugnen konnte, dass Geld in diesem und jedem anderen Land seine Privilegien hatte, dass es ihm aber nicht gefiel, als königliche Familie bezeichnet zu werden. Wenn man ihn jedoch darauf ansprach, sagte er, dass die Barons von Texas niemandem hinterherlaufen würden. „Da würde er vehement widersprechen."

„Welchem Teil?"

Kyle lachte. „Allen."

„Willst du mir etwa sagen, dass er bodenständig ist?"

„Er ist ein ehemaliger Marinesoldat. Bodenständigkeit gehört nicht zu seinem Wortschatz."

Seine Worte entlockten ihr ein kurzes, schallendes Lachen.

„Da wären wir." Er wies mit dem freien Arm auf die große, offene Tür.

„Sieht aus wie jedes Bild von einer Scheune, das ich je gesehen habe." Ihr Blick schweifte zu den hohen Decken, hinunter zu dem auf dem Boden verstreuten Heu, hinüber zu in einer Ecke gestapelten Ballen, dem Dachboden darüber und dann von links nach rechts zu den Stalltüren. „Irgendwie kommt es mir immer noch viel größer vor, als ich es erwartet habe."

„Auch wenn der Gouverneur nach seinem Ausscheiden aus dem Korps in die Politik ging, war Cedar Ridge immer eine laufende Ranch, und mit der größer werdenden Familie wuchs auch der Betrieb."

„Und bis heute arbeitet keiner von euch auf der Ranch?" Ihr Kopf bewegte sich weiter und nahm ihre Umgebung in Augenschein.

Er schüttelte den Kopf. „Es gibt einen Vorarbeiter und viele Helfer. Als Kinder dachten wir, Mitch würde sich an der Ranch beteiligen, aber nach seinem Uni-Abschluss ging er zum Militär."

„Zu den Marines?"

„Nö, zur Air Force. Hat gelernt, Flugzeuge zu fliegen. Allerdings nur, bis bei ihm Nachtblindheit auftrat. Als Nächstes kandidierte er für den Senat des Bundesstaates und gewann. Zwei Jahre später sollte er die Nachfolge eines scheidenden US-Senators antreten."

Auf halbem Weg durch die Scheune blickte sein Bruder, der Senator, in ihre Richtung. Sein Gesichtsausdruck war leer, bis er sich auf Addison konzentrierte. Kurz hob er eine Augenbraue, bevor er sein Pokerface wieder aufsetzte. „Eine Führung?"

„In gewisser Weise schon." Kyle klopfte seinem Bruder auf den Rücken. „Wie läuft's?"

Schließlich zeigte sich der Anflug eines Lächelns auf dem Gesicht des Senators. „Gut. Ich glaube, es wird klappen. Die Leihmutter scheint gewillt zu sein."

„Passiert das oft?", fragte Addison und richtete den Blick auf das Kalb, das sich von der neuen Mutterkuh entfernte und dorthin wankte, wo sie am Zaun standen.

„Abgelehnte Kälber? Zu oft." Kyle hockte sich hin.

„Und wie läuft es damit, sie mit einer anderen Mutterkuh zusammenzubringen?"

Kyle schaute zu seinem Bruder, um ihm stumm mitzuteilen, dass dies sein Gebiet war.

„Das klappt nicht so oft, wie wir es uns wünschen

würden. Manchmal haben wir einfach keine andere Wahl, als ein verstoßenes oder verwaistes Kalb von Hand zu füttern." Mitch ging neben seinem Bruder in die Hocke und kratzte den Kiefer des kleinen Tiers. Er lächelte, als das Kalb sich von Kyle weglehnte und seinen Kopf in Mitchs Handfläche drückte. „Das ist ein süßes Kerlchen."

Addison hockte sich neben die beiden Männer und grinste. „Wow. Seht euch diese Augen an!"

„Seelenvoll", sagte Mitch leise.

„Jetzt verstehe ich das Klischee mit den Kuhaugen. So groß und braun und fast hypnotisierend." Als das Kalb einen Schritt nach vorn machte und gegen sie drückte, sodass sie auf den Rücken fiel, kicherte sie. Als es ihr Gesicht stupste, kicherte sie noch lauter, aber als es versuchte, sich auf ihrem Schoß zusammenzurollen, fiel sie vor Lachen fast um. „Du bist viel zu groß für einen Schoßhund, Süßer!"

Mitch machte große Augen vor Überraschung. „Ich glaube, Sie haben einen Freund gefunden."

„Das glaube ich auch." Sie bewegte sich und ermunterte das Kälbchen, sich neben sie zu legen, statt auf sie. Die ganze Zeit über kratzte sie den Kiefer des Tiers, so wie Mitch es vor ein paar Minuten getan hatte.

Wieder gaben die Augen seines Bruders einen stillen Einblick in den komplex gestrickten Mann. Kyle konnte sehen, dass Mitch von Addisons instinktiven Reaktionen auf das neue Kalb beeindruckt war. Als Mitch den Blick hob, um seinem zu begegnen, konnte er darin lesen, dass sein Bruder ihm genau das sagen wollte, was er in dieser kurzen Zeit zu denken begonnen hatte: Die ist ein Volltreffer.

KAPITEL ELF

ls Addison die Scheune verließ, war sie wesentlich entspannter als zu dem Zeitpunkt, als sie das riesige Haus zum ersten Mal gesehen hatte. Nach der Hälfte des Essens war sie zu dem Schluss gekommen, dass sie träumen musste, denn sie hatte an einem riesigen Tisch gesessen, umgeben von einer der prominentesten und bekanntesten Familien des Landes – auch wenn sie fast zwei Wochen gebraucht hatte, um das zu kapieren. Allerdings war dies kein Traum. Sie wusste es, weil sie sich während des Essens ständig selbst gekniffen hatte. Das Erstaunlichste war jedoch, wie normal jeder zu sein schien. Sie erinnerte sich, dass sie während der Wahlen vor ein paar Jahren gedacht hatte, dass Mitchell Baron eine gute Wahl für diesen Job wäre. Aber warum sie dieser Meinung gewesen war, war ihr damals nicht klar gewesen. Jetzt war sie froh, dass ihr erster Eindruck von einem netten Typen, der Gutes für seinen Bundesstaat tun wollte, nicht falsch gewesen war. An diesem Tisch hatte es überraschenderweise keine Egos, keine Extravaganzen gegeben – es sei denn, man zählte die vielen Gabeln und die Leinentischdecke dazu. Selbst der einschüchternde Gouverneur hatte wie ein ganz normaler alter Mann gewirkt, der seine Frau noch zu schätzen wusste.

Sie würde sogar sagen, dass er seine Frau vergötterte. Das brachte sie zum Lächeln. Ihr Vater war verstorben, als sie noch sehr jung gewesen war. Sie hatte nur wenige Erinnerungen an die gemeinsame Zeit ihrer Eltern. Es hatte ihr gefallen, wie der Gouverneur seiner Frau ab und zu über den Tisch hinweg in die Augen gesehen und gelächelt hatte. Nach all den gemeinsamen Jahren waren sie noch immer so verliebt wie ein junges Paar. Und sie waren Barons. Jeder an diesem Tisch war ein prominentes Mitglied der Geschäftswelt. Ein CEO, ein Senator, ein Filmmogul – die Liste war lang. Auf dieser Liste stand auch Kyles Beruf. Natürlich ärgerte sie sich darüber, dass sie nicht gemerkt hatte, dass sie Zeit mit einem weltberühmten Rennfahrer verbrachte.

„Wie lange noch?" Zu seiner Linken saß Kyles Bruder Chase. Addison hatte erfahren, dass seine Frau C.J. für ein Mädels-Wochenende ihre Schwester in Hollywood besuchte, also war er für das Familienessen von Dallas hergefahren.

Addison hatte während der Vorspeise und der Geschichte von Chase, der ein Date für die Hochzeit seines Cousins angeheuert hatte, viel gelacht. Das hatte dem gestrigen Gespräch mit Kyle über seinen verkuppelnden Großvater ein wenig mehr Perspektive gegeben.

„Ich habe morgen einen Arzttermin." Kyle wackelte mit den Fingern an seiner verletzten Hand. „Dann werde ich wissen, ob das Ding so heilt, wie es soll, oder ob ich einen längeren Weg vor mir habe."

„Du könntest also das Rennen in Austin fahren?", fragte Eve.

Er zuckte mit den Schultern. „Vielleicht. Wie auch immer, ich werde zur Rennstrecke fahren, um zu sehen, wie es Gibs geht."

„Das ist der Ersatzfahrer, stimmt's?" Craig schaute von dem Teller vor ihm auf.

„Das stimmt."

„Ich habe so oder so nicht viel gehört.“ Eve trank einen Schluck von ihrem Wasser. „Andererseits habe ich die Rennen auch nicht verfolgt, weil du nicht fährst.“

„Ich dachte, du schaust dir meine Rennen ohnehin nicht an.“ Die ernsten Worte hatten einen neckischen Unterton.

„Tue ich auch nicht.“ Sie trank einen weiteren Schluck, und ihre Augen funkelten verschmitzt. Eve verbiss sich ein Lächeln. „Normalerweise.“

„Aha.“ Immer noch grinsend, nickte Kyle seiner Schwester zu.

Es war manchmal schwierig, den Gesprächen zu folgen, manchmal aber auch amüsant. Nach der Bemerkung seiner Schwester lehnte sich Kyle zu Addison und erklärte sanft, dass seine Schwester ihn jahrelang daran erinnert hatte, was für einen gefährlichen Job er habe und wie nervenaufreibend er für sie und eine Handvoll anderer Familienmitglieder wie ihre Mutter und Großmutter sei.

„Wie bist du zum Rennsport gekommen?“, fragte Addison leise.

„Das war die Schuld unserer Mutter.“ Eve lehnte sich zurück. „Nach der Scheidung hat Mom alle Schulferien in Belgien verbracht.“

Kyle nickte. „In der Nähe von Spa.“

Ihr Gesichtsausdruck sagte ihm offenbar, dass sie nicht wusste, ob er damit eine Wellness-Oase meinte.

„Ein Hotspot der Formel 1“, erklärte Craig. „Die Fahrer fangen schon in jungen Jahren an zu trainieren, und wir waren zur richtigen Zeit am richtigen Ort, damit sich dieser Geschwindigkeitsjunkie anstecken konnte.“

„Belgien?“, wiederholte sie.

„Als der Jüngste die Highschool abgeschlossen hatte, ließ sich Mom dauerhaft in Belgien nieder.“ Kyle lachte. „Sie sagte, dort sei es zivilisierter."

„Es ist eine Ironie des Schicksals, dass Moms Bemühen, Frieden und Ruhe zu finden, sie während der Rennsaison in ständige Unruhe versetzt hat." Craig trank einen Schluck Wasser und wandte sich an seinen Großvater. „Ihr zwei seid ganz schön still."

Mrs. Baron zuckte lässig mit den Schultern. „Es ist, wie es ist."

Ihre Antwort brachte den Gouverneur zum Lächeln, und Mitch an ihrer anderen Seite beugte sich zu Addison und sagte sehr leise: „Einer der Lieblingsausdrücke des Gouverneurs."

Sie nickte verständnisvoll, als Kyle sich an ihre andere Seite lehnte. „Jede Frau, die ein Leben lang darauf gewartet hat, dass ihr Mann aus dem Krieg nach Hause kommt, kann mit einem Rennen einmal pro Woche völlig sicher umgehen."

Bis jetzt hatte Addison Kyle für einen ganz netten und charmanten Adrenalinjunkie gehalten. Nach dieser letzten Aussage dachte sie, dass er vermutlich wahnhaft war. Wie konnte er von jemandem erwarten zu glauben, mit 300 Kilometern pro Stunde zu fahren sei absolut sicher?

„Du siehst nicht überzeugt aus." Nachdem sie ihren Standpunkt dargelegt hatte, schnitt Eve langsam die letzten beiden Bissen ihres Essens ab, um ihrem Bruder etwas zu denken zu geben.

Addison war der Meinung, dass sie ihre Gedanken gut verbarg, vor allem, weil sie ganz und gar nicht in ihrem Element war, aber Eve war sehr gut darin geworden, sie zu lesen. Allerdings war das auch keine Überraschung. Alles, was Kyle ihr über seine Geschwister erzählt hatte, hatte deutlich gemacht, dass ihm alle sehr am Herzen lagen. Es war auch klar, dass er Eve für die Klügste unter den Geschwistern hielt. Addison konnte verstehen, warum er so dachte.

Noch eine Stunde lang unterhielten sich alle am Tisch, bevor sie nach draußen auf die Terrasse gingen, und Addison war beeindruckt, wie normal sich das alles anfühlte. Trotz des ganzen Drumherums waren sie wirklich nur nette Leute. Fast zu nett. Keiner sah gelangweilt aus, keiner schien es eilig zu haben, nach Hause zu gehen. Sie fühlte sich fast schuldig, weil sie Kyle brauchte, um sie nach Hause zu fahren.

„Fertig?" Er stand von seinem Stuhl auf.

Sie schaute erst nach links, dann nach rechts. Hatte sie das laut gesagt? Niemand sonst schien auf ihre Gedanken zu reagieren. Nur Kyle.

„Du hast deiner Mutter gegenüber erwähnt, dass du früher nach Hause kommen willst."

Das stimmte, das hatte sie. Doch die Tatsache, dass er sie genau dann zum Gehen aufforderte, als sie ihre eigenen Gedanken infrage stellte, machte sie stutzig. Die Familie war vielleicht ein bisschen zu nett. Aber konnte Kyle zu perfekt sein?

Die lange Fahrt nach Hause zu Addisons Mutter verging so schnell, dass Kyle fast an der Ausfahrt vorbeigerast wäre. Alle möglichen Bilder waren ihm in den Sinn gekommen, während er und Addison sich im Auto unterhalten hatten. Eines von ihr, wie sie auf dem Boden saß und mit dem Kalb spielte, ließ ihn lächeln. Sie war wirklich eine tolle Frau, und es war an der Zeit, dass sie ein wenig mehr von seiner Welt sah. „Hast du schon Pläne für Ende der Woche?"

„Du meinst, abgesehen von einem Vorstellungsgespräch?"

„Du hast einen Termin für ein Vorstellungsgespräch?" Er hatte eigentlich nicht so überrascht klingen wollen.

„Noch nicht, aber ich hoffe, dass am Montagmorgen jemand merkt, was für ein toller Mensch ich bin und dass sein Unternehmen ohne mich nicht überleben kann. Oder zumindest ohne mich zu einem Gespräch einzuladen.“

Das brachte Kyle zum Lachen.

Er fuhr die schmale Straße ihrer Mutter entlang und bog in die Einfahrt ein. Addison schnallte sich ab und sah ihn an. „Ich hatte wirklich eine schöne Zeit. Na ja“, fügte sie grinsend hinzu, „sobald ich meine Angst vor deiner Familie überwunden hatte. Sie ist wirklich genau wie alle anderen. Und dein Großvater ist irgendwie niedlich.“

„Niedlich?“ Er hatte schon viele Beschreibungen des Gouverneurs gehört, aber *niedlich* gehörte nicht dazu.

„Ich nehme an, dass er auf viele Menschen unwirsch wirkt, aber er hat so tiefblaue, lächelnde Augen.“

„Lächelnde Augen?“ Jetzt machte er sich langsam Sorgen um Addisons Verstand.

„Schau nicht so überrascht drein! Er hat ein nettes Auftreten, auch wenn seine Stimme ein wenig streng klingt.“

„Ein wenig?“

„Okay, er hat ein sehr strenges Gemüt. Er ist ein mächtiger Mann mit einer beeindruckenden Vergangenheit.“ Sie winkte ihm mit dem Finger zu und schenkte ihm ein Grinsen, das zu sagen schien, dass sie das größte Geheimnis der Welt hatte. „Aber sieh ihm tief in die Augen. Wenn er über einen von euch geredet hat, war die Liebe, die darin funkelte, für jeden, der hinschaute, offensichtlich, auch wenn seine Worte rau oder schroff erschienen.“

In diesem Moment war er sich nicht sicher, ob sie

die aufmerksamste Person der Welt oder völlig verrückt geworden war. Jedes seiner Geschwister und all seine Cousinen und Cousins wussten, dass ihr Großvater sie nicht nur liebte, sondern auch ohne mit der Wimper zu zucken oder zu zögern sein Leben für sie geben würde. Aber lächelnde Augen? Da musste er beim nächsten Mal genauer hinschauen.

Kyle eilte um das Auto herum und erreichte die Beifahrertür, gerade, als sie ausstieg. Sie reichte ihm die Hand, verschränkte die Finger mit seinen und richtete sich auf. „Danke.“

Obwohl es eigentlich angebracht wäre, ihre Hand nun wieder loszulassen, beschloss er, sie weiter festzuhalten. Er war erfreut, als sie keine Anstalten machte, ihre Hand zurückzuziehen. Erst, als sie die Stufen zur Veranda hinaufstiegen und sie beide Hände brauchte, um ihren Schlüssel herauszuholen und die Tür aufzuschließen, ließ er sie los.

Den Schlüssel ins Schloss steckend, drückte sie den Riegel hinunter und stieß die Tür auf. In der Erwartung, dass sie eintreten würde, machte er einen kurzen Schritt vorwärts, doch sie wich einen Schritt zurück, drehte sich zu ihm um und prallte gegen seine Brust. Der plötzliche Aufprall ließ sie kurzzeitig das Gleichgewicht verlieren. Als Mann, der es gewohnt war, sich auf seine Reflexe zu verlassen, hielt er rasch ihre Oberarme fest, um sie zu stabilisieren.

„Tut mir leid“, murmelte sie leise. Ihr Gewicht verlagerte sich nach hinten, aber da er sie festhielt, konnte sie sich nicht bewegen.

Er wusste, dass er sie loslassen musste, damit sie ins Haus gehen konnte, aber er konnte sie nur anstarren. Ihre dunkelbraunen Augen mit den kleinen goldenen Punkten zogen ihn an, wie ein roter Punkt eine wankelmütige Katze hypnotisiert. Anstatt sich zu entfernen, beugte er sich vor. „Addison?“

„Hmm", murmelte sie, den Blick auf ihn geheftet. Ihr Mund hatte sich kaum geöffnet, um den Laut herauszubringen.

Widerstand war zwecklos. Er brauchte den Kuss so sehr wie die Luft in seinem nächsten Atemzug. Als er es wagte, den Kopf noch ein paar Zentimeter zu senken, wurde er damit belohnt, dass sich ihr Gesicht nach oben neigte. Nur einen Atemzug davon entfernt, den Himmel zu schmecken, wagten es seine Lippen zaghaft, ihre zu berühren.

„Addison, Schatz. Bist du das?" Der Klang der Stimme ihrer Mutter auf der anderen Seite der halb geöffneten Tür erreichte sie zwei Sekunden, bevor die Tür ganz aufschwang und sie beide nach hinten sprangen wie zwei Kinder, die beim Naschen erwischt worden waren.

„Ich, äh, fahre besser zurück zur Ranch." Es kostete ihn jedes Quäntchen Entschlossenheit, von der Tür und von Addison wegzugehen. „Lass mich wissen, wie viele Unternehmen die tolle Mitarbeiterin in dir sehen."

Addisons verblüffter Gesichtsausdruck verwandelte sich in ein verschmitztes Grinsen. „Das werde ich."

Es gab viele Dinge, derer er sich sicher war, und dass sie für jedes Unternehmen eine unschätzbare Bereicherung sein würde, gehörte ganz bestimmt dazu. Er wünschte sich nur, ihre Mutter hätte nur ein paar Minuten länger gewartet, um sie auf der Veranda zu bemerken.

KAPITEL ZWÖLF

„Sieht aus, als liefe es gut mit deinem neuen Freund." Addisons Mutter machte sich nicht die Mühe, von ihrem Strickzeug aufzublicken. Von ihrem Sitzplatz aus konnte Addison sehen, wie sich die Mundwinkel ihrer Mutter zu einem leichten Lächeln nach oben bewegten. Sie war nie besonders gut darin gewesen, ihre Gedanken oder Gefühle zu verbergen. Für Addison war es ziemlich offensichtlich, dass ihre Mutter den Moment genoss.

Seit sie ein Teenager gewesen war, hatte ihre Mutter sie nicht mehr in einer fast kompromittierenden Position erwischt, und die ganze Sache fühlte sich wirklich … seltsam an. Nicht nur, dass ihre Mutter einen Kuss unterbunden hatte, von dem sie sicher war, dass es ein wunderbarer Kuss gewesen wäre, sondern da war auch die Freundschaft mit einem Mitglied einer prominenten und gesellschaftlich angesehenen Familie. Sie war in so vieler Hinsicht eine Nummer zu groß für sie.

„Hat es dir die Sprache verschlagen?" Das Grinsen ihrer Mutter wurde noch ein wenig breiter.

Addison holte tief Luft. Früher oder später würde ihre Mutter mehr über Kyle erfahren müssen. Selbst, wenn sie nur Freunde blieben, konnte sie nicht ewig geheim halten, wer er war. „Ich bin mir nicht sicher."

Diesmal blieb die Hand ihrer Mutter ruhig, und sie hob den Blick, um dem ihrer Tochter zu begegnen.

„Willst du das erklären?"

„Du weißt bereits, dass ich ihn für einen netten Kerl halte."

Ihre Mutter nickte.

„Und du weißt, dass es mir noch nie so viel Spaß gemacht hat, Zeit mit einem Mann zu verbringen." Sie hielt inne, sortierte ihre Gedanken, dachte über ihre Worte nach und gab sich große Mühe, nicht wie ein Dorftrottel zu grinsen, wenn sie daran dachte, wie viel Energie sie immer hatte, wenn sie Zeit mit Kyle verbrachte. Natürlich hatte das Herumfahren mit Gokarts, das Besiegen beim Minigolf und das Segeln auf einem Boot wahrscheinlich ebenso viel damit zu tun wie die Tatsache, wie einfach es war, in seiner Nähe zu sein. „Du weißt auch, dass er ein kleiner Adrenalinjunkie ist."

Ihre Mutter schwieg noch immer, und ihre Augen weiteten sich gerade so weit, dass man das Weiß darin sehen konnte.

„Ich meine, wie oft hat der Durchschnittsbürger die Gelegenheit, Segelbootrennen zu fahren?"

Ihr lässiges Grinsen kehrte zurück, und Addisons Mutter atmete leise aus. „Ich gebe zu, ich bin ein bisschen neidisch."

„Was?"

„Kennst du den alten Song, in dem es darum geht, dass das Leben weitergeht, auch wenn der Nervenkitzel vorbei ist?"

Addison nickte. Das war einer der vielen Oldies, die sie zusammen mit ihrer Mutter gesungen hatte.

„Dein junger Verehrer erinnert mich an deinen Vater. Er hat das Leben immer bis zum letzten Tropfen genossen. Ich habe erst in den vergangenen zwei Wochen gemerkt, wie sehr mir das fehlt, als ich dich beobachtet habe."

„Oh, Mom."

Ihre Mutter hob eine Hand hoch, die Handfläche nach außen. „Mach keine große Sache draus! So soll das Altern funktionieren, was wir nicht selbst tun können, tun wir stellvertretend durch unsere Kinder. Und eines Tages", das Grinsen ihrer Mutter wurde breiter, „durch unsere Enkelkinder."

„Jetzt klingst du wie der Gouverneur."

„Gouverneur?" Verwirrung machte sich auf dem Gesicht ihrer Mutter breit.

„Ja." Es war an der Zeit, die Katze aus dem Sack zu lassen. „Es hat sich herausgestellt, dass der Grund, warum Kyle Zugang zu so vielen Autos, Booten und einer großen Ranch hat, der ist, dass er ein Baron ist."

Ihre Mutter starrte sie aufmerksam an, schließlich schüttelte sie den Kopf. Sie öffnete den Mund, um etwas zu sagen, als sich ihre Augen plötzlich weiteten und ihr Kinn leicht nach unten klappte, bevor sie den Mund wieder schloss. „Wie der ehemalige Gouverneur James Baron?"

„Das ist Kyles Großvater."

„Wow." Ihre Mutter legte ihr Strickzeug beiseite und lehnte sich zurück. „Mein Baby ist mit einem Baron zusammen."

Fast hätte sie genickt, da fragte sie sich, ob sie wirklich mit ihm zusammen oder ob sie nur eine vorübergehende Ablenkung war. Eine Beschäftigung, bis er wieder auf die Rennstrecke zurückkehrte? „Das ist vielleicht etwas übertrieben."

Ihre Mutter zuckte mit den Schultern. „Für mich sah das nicht so aus."

Für Addison auch nicht, aber was wusste sie schon davon, sich mit den Reichen und Berühmten herumzutreiben. Die Barons waren so ziemlich die reichste und berühmteste Familie in Texas. „Er erholt sich von einem gebrochenen Handgelenk und kann keine Rennen fahren, bis es verheilt ist. Er muss in der

Lage sein, sich innerhalb von fünf Sekunden abzuschnallen. Solange er das nicht kann, kann er sich nicht hinter das Steuer eines Rennwagens setzen."

„Rennwagen." Ihre Mutter rutschte auf ihrem Sessel nach vorn. „Meine süße, vernünftige Tochter, die Bleistifte benutzt und Ingenieurin ist, geht mit einem Rennwagenfahrer aus?"

„Wie ich schon sagte, ausgehen ist möglicherweise eine Übertreibung."

„Aha." Ihre Mutter ließ sich in ihren Lieblingssessel zurücksinken. „Das sagst du immer wieder. Oh!" Sie schnippte mit den Fingern. „Du hast heute Morgen einen Anruf von einem deiner Headhunter erhalten, einer Frau."

„An einem Sonntag?"

Ihre Mutter zuckte mit den Schultern. „Sie sagte, du sollst sie anrufen, wenn du Zeit hast. Es geht um ein Vorstellungsgespräch für eine Stelle im Außenministerium. Irgendeine bestimmte Position?"

„Analystin im Büro des Nachrichtendienstes."

„Nachrichtendienst? Ist das nicht ein Euphemismus für die CIA?"

„Du siehst zu viel fern."

„Das glaube ich nicht." Ihre Mutter nahm ihr Strickzeug wieder in die Hand. „Stell dir das mal vor! Meine stille, brillante Ingenieurin wird eine Spionin."

„Ich werde keine Spionin sein." Wer hätte gedacht, dass ihre Mutter eine so blühende Fantasie haben konnte. „Ich dachte nur, es wäre ein guter Zeitpunkt für einen Karrierewechsel."

„Das wäre eine ganz schöne Umstellung. Ich nehme nicht an, dass dein neuer Freund etwas mit diesem unverhofften Sinn für berufliche Abenteuer zu tun hat?"

„Natürlich nicht." Zumindest glaubte sie das nicht.

„Gibt es zufälligerweise eine Außenstelle des

Außenministeriums in Texas?"

Addison hätte beinahe laut aufgeseufzt. Natürlich würde ihre Mutter von ihr erwarten, dass sie nur die sicheren Jobs in der Nähe ihres Zuhauses in Betracht zog. Aber seit sie Kyle kennengelernt hatte, war ihr klar geworden, dass sie nicht nur zu viel arbeitete, sondern dass ihr Leben, nun ja, langweilig war und dass es vielleicht an der Zeit war, etwas zu ändern. Nur jetzt, wo sie so viel Zeit mit Kyle verbracht hatte, erschien ihr ein Umzug an die Ostküste nicht mehr so attraktiv wie früher. Vielleicht war ihr Gehirn nach einem Tag auf der Gokart-Bahn aber auch einfach nur vernebelt. Oder vielleicht war es Kyle, der sie durcheinanderbrachte.

Als er die Eingangstür des Familienhauses aufstieß, hatte Kyle nicht damit gerechnet, fast mit seinem Bruder Chase zusammenzustoßen.

„Du bist früher zu Hause, als ich erwartet habe."

Er drehte sein Handgelenk, um auf seine Uhr zu schauen. „Ich sagte doch, dass es nicht lange dauern würde."

„Genau." Sein Bruder grinste ihn an.

„So ist es nicht."

Chase klopfte seinem Bruder von hinten auf die Schulter und schüttelte den Kopf. „Ich muss jetzt los. Vielleicht kannst du mir ein andermal erklären, warum es nicht anders sein soll, wenn du dieselbe Frau mehr als einmal triffst, geschweige denn mehrmals, *und* sie zum Essen mit nach Hause bringst."

Bevor Kyle ein weiteres Wort sagen konnte, war sein Bruder aus der Tür geschlüpft und lief die Treppe hinunter.

„Na, das ist ja eine schöne Überraschung!" Seine Schwester kam den Flur entlang, in jeder Hand ein Getränk.

„Nicht du auch noch!" Er deutete mit dem Kinn in Richtung ihrer Hände. „Und seit wann nimmst du zwei Drinks auf einmal?"

Eve kicherte und drehte sich um neunzig Grad in Richtung Bibliothek. „Erstens hat sich deine schlechte Laune nicht auf mich übertragen, das sind nur süße Tees. Einer für mich und einer für Grandma. Und was sollte das mit *nicht du auch noch*?"

„Ach, egal, vergiss es. Sind die anderen in der Bibliothek?"

„Fast alle sind nach Hause gegangen. Nur noch Grandma und Grandpa, du und ich sind da." Sie ging in das Zimmer, in dem ihre Großeltern Seite an Seite auf dem Sofa saßen, wie zwei Turteltäubchen.

„Wir haben nicht erwartet, dich so schnell wiederzusehen." Sein Großvater begegnete seinem Blick. „Ich mag das Mädchen. Gute Hüften."

„James!" Seine Großmutter stieß ihren Mann mit dem Ellbogen an.

„Was? So ist es doch."

Lila Baron schüttelte den Kopf. „Das mag sein, aber es muss nicht laut ausgesprochen werden."

„Natürlich, Liebes." Der Gouverneur tätschelte die Hand seiner Frau und wandte seine Aufmerksamkeit dann wieder Kyle zu. „Wenn du mich fragst, ist sie außerdem vernünftig. Es würde nicht schaden, wenn du darüber nachdenkst, dich niederzulassen."

Es erforderte viel Disziplin, angesichts der Aussage seines Großvaters nicht die Augen zu verdrehen. Dieser Mann hatte Sesshaftigkeit und Fortpflanzung im Kopf, und das war für keines seiner Enkelkinder ein Spaß. „Ja, Sir."

Die Augenbrauen des alten Mannes zogen sich

zusammen, während er das Gesicht seines Enkels betrachtete. In solchen Momenten, in denen ihr Großvater sie so aufmerksam beobachtete, hatten alle Kinder das Gefühl, als könne der Mann nicht nur ihre Gedanken, sondern auch ihre Seelen lesen. Wahrscheinlich brachen sie deshalb so oft zusammen und gestanden, welche Missetat ihnen diesen Blick eingebracht hatte, ohne dass der Mann ein einziges Wort zu sagen brauchte.

„Du bist also der Meinung, dass du nicht ewig so ein riskantes Leben führen kannst?"

Verdammt. Vielleicht konnte der Mann wirklich Gedanken lesen. Zwar nicht so sehr über seinen riskanten Lebensstil, aber zumindest, was seine Karriere betraf. Kyle wurde nicht jünger, und im Gegensatz zu achtzigjährigen Musikern, die immer noch in ausverkauften Stadien auftraten, forderte der Rennsport ebenso wie Profifußball seinen Tribut. Etwas, über das er bis vor Kurzem nicht nachgedacht hatte. Bis Addison vor Kurzem. Plötzlich hatte er einen Grund gefunden, vorsichtiger zu sein. Bei vielen Dingen. „Vielleicht."

„Vielleicht?" Eve sah auf, und ähnlich wie ihr Großvater es gerade getan hatte, starrte sie ihn an, als ob sie in seiner Seele lesen wollte. Sie wandte den Blick ab und schüttelte den Kopf. „Nö. Das kaufe ich dir nicht ab. Du wirst nur dann langsamer werden, wenn du unter der Erde liegst. Und selbst dann würde ich es dir noch zutrauen, mit 300 Kilometern pro Stunde aus dem Grab zu rasen."

Der Gouverneur trank einen Schluck von seinem Brandy. „Dreihundertfünfzig."

Lila Baron unterdrückte ein Lächeln angesichts des Versuchs ihres Mannes, einen Witz auf Kosten ihres Enkels zu machen. Dann, als sie Kyles Blick begegnete, formte sie stumm die Worte: *Ich hab dich lieb.* Er erwiderte ebenfalls stumm: *Ich dich noch mehr.* Da sie sich der unendlichen, bedingungslosen Liebe ihrer Großmutter sicher waren, waren diese Bezeugungen eine langjährige Familientradition.

„Soll ich Hazel bitten, dir auch einen Tee zu bringen?", fragte Eve.

„Oder trinkst du einen Brandy mit mir?", fragte der Gouverneur.

„Ich glaube, ich nehme den Brandy." Die Art von Gedanken, die Kyle zu akzeptieren versuchte, erforderte etwas mit mehr Charakter und deutlich weniger Zucker.

„Nun", sagte Lila auf einmal, „ich mache jetzt Schluss für heute."

„Ja." Der Gouverneur stand ebenfalls auf. „Früh zu Bett, früh aufstehen."

Umarmungen, Küsse und Gute-Nacht-Wünsche wurden ausgetauscht.

In dem Moment, in dem die Schritte ihrer Großeltern auf dem Flur verklungen waren, wandte Eve ihre Aufmerksamkeit ihrem Bruder zu. „Denkst du ernsthaft darüber nach, langsamer zu werden, oder willst du dem alten Mann nur ein Lippenbekenntnis ablegen?"

„Irgendwann denkt jeder daran, langsamer zu werden. Wir alle müssen uns eines Tages mit unserer eigenen Sterblichkeit auseinandersetzen."

„Es tut mir leid." Sie stellte ihr Glas ab und beugte sich vor. „Hat mein Adrenalinjunkie-Bruder, der Mann, der nie ein Risiko eingegangen ist, das er nicht eingehen wollte, gerade die Worte *langsam* und *Sterblichkeit* im selben Satz verwendet?"

„Vielleicht?"

„Oh, du nimmst dieses Wort heute Abend ganz schön oft in den Mund."

Plötzlich wurde ihm klar, warum seine Schwester als Letzte übrig geblieben war. „Wie kommt es, dass du noch hier bist?"

Sie schüttelte den Kopf. „Nicht vom Thema ablenken!"

„Wir können ein andermal über meine Aussagen sprechen. Warum bist du noch hier?"

Sie trank langsam einen Schluck und hob eine Schulter. „Ich hatte keine Lust, zurück nach Houston zu fahren."

„Und?"

„Kein *und*." Sie trank einen weiteren Schluck.

„Alles klar. Und?"

„Jack hat gesagt, dass er heute Abend bei mir im Stadthaus vorbeischauen würde, wenn wir früher mit dem Essen fertig sind. Ich glaube, ich habe bei all unseren lockeren Gesprächen die falsche Botschaft ausgesendet."

Sosehr er es auch bevorzugen würde, nichts über einige private Aspekte des Lebens seiner Schwester zu wissen, so war er doch sehr erleichtert, dass sie kein romantisches Interesse an seinem langjährigen Freund hatte. Schließlich handelte es sich um einen Mann, der Kyle wie einen risikoscheuen Mönch aussehen ließ. „Soll ich mal mit ihm reden?"

Sie schüttelte den Kopf. „Nein, das werde ich schon selbst tun. Aber ich wusste, dass ich nach einem Essen mit diesen Leuten nicht mehr in der Lage wäre. Außerdem hasse ich es zu lügen."

Das brachte ihn zum Lächeln. Als Kind war sie immer die Erste gewesen, die den Schuldigen verraten hatte, wenn eine Regel gebrochen worden war. Nicht, dass sie eine Plaudertasche gewesen wäre, aber wenn man sie damit konfrontierte, konnte sie wirklich nicht lügen. „Es wird schön sein, morgen früh Gesellschaft beim Kaffee zu haben."

„Was? Du glaubst doch nicht etwa, dass ich mit den Hühnern und dem Gouverneur aufstehen werde?"

Ihr tapferer Versuch, eine ernste Miene zu machen, scheiterte, als sie ihn vor Lachen fast mit Tee bespuckte.

„Sagt der Topf zum Kessel. Wer zuerst aufsteht, klopft an die Tür des anderen."

„Abgemacht." Sie nickte und stellte ihr Glas auf dem Schreibtisch ab. „Ich glaube, ich gehe heute früher ins Bett."

„Wir sehen uns morgen."

Sie beugte sich vor und küsste ihn auf die Wange, als sie an ihm vorbeiging. „Gute Nacht."

Er ließ sich auf dem Schreibtischstuhl seines Großvaters nieder und warf einen Blick auf die Brandyflasche auf dem Tresen. Es war nicht wirklich sein Lieblingsdrink. Er hatte eher zugestimmt, weil er ihn mit dem Gouverneur hatte teilen wollen, nicht, weil er seinen Geschmack genoss. Auf seinem Handy tippte er auf die zuletzt gemachten Fotos und vergrößerte dasjenige von Addison, wie sie sich mit aller Kraft an der Rettungsleine des Segelboots festhielt, und dann ein weiteres, auf dem sie nur wenige Stunden später aus vollem Herzen lachte. Er konnte es sich nicht leisten, jemanden in sein Herz zu lassen. Das wäre ihr gegenüber nicht fair. Und doch hatte sie sich, ob er es wollte oder nicht, bereits tief in seinem Herzen und seiner Seele niedergelassen.

KAPITEL DREIZEHN

In den vergangenen Tagen war Kyle sehr beschäftigt gewesen. Er hatte seine Kontakte mit Addison absichtlich auf Telefonate beschränkt und diese auch kurz gehalten. Nachdem er eine lange Nacht damit verbracht hatte, sich hin und her zu wälzen, zu versuchen zu schlafen und die Visionen von Addison aus seinem Kopf zu bekommen, hatte er beschlossen, dass es an der Zeit war, zu angeln oder den Köder abzuschneiden. Sozusagen.

Nach nur vierundzwanzig Stunden war ihm klar geworden, dass es nicht möglich war, den Köder abzuschneiden. Es gab keine Möglichkeit, Addison aus seinen Gedanken zu verbannen, und auch keine, nachts gut zu schlafen. Also hatte er beschlossen, dass sie, wenn sie eine gemeinsame Zukunft haben sollten, erleben musste, wie seine Welt wirklich aussah. Es hatte ihn sehr viel Zeit gekostet, das zu organisieren.

„Du siehst ganz schön nachdenklich aus." Mit einem Korb voller frischer Schnittblumen auf dem Arm kam seine Großmutter zur Hintertür herein.

„Ich arbeite nur ein paar Dinge aus."

Lila Baron nickte. „Ja, das kann ich sehen." Sie trat hinter ihn an den Küchentisch und legte ihm eine Hand auf die Schulter. „Denk nur nicht zu viel nach, Herzensangelegenheiten regelt man am besten mit dem Herzen, nicht mit dem Verstand."

Er legte seine Hand auf ihre und lächelte sie an, als

er über seine Schulter blickte. „Danke.“

Ein weiteres kurzes Nicken und ein liebevolles Lächeln, und seine Großmutter ließ sich an der Spüle nieder, um zu schneiden, zu trimmen und das zu schaffen, von dem er wusste, dass es ein schöner Blumenschmuck werden würde, der im ganzen Haus verteilt werden würde.

Sein Telefon klingelte, und er tippte auf das Blatt Papier vor ihm und nahm den Anruf entgegen.

„Es ist alles bereit.“ Sein Manager Gilbert fiel sofort mit der Tür ins Haus.

„Danke.“

„Nächstes Mal solltest du mich besser vorwarnen.“

Wenn die Dinge so liefen, wie er hoffte, würde es kein nächstes Mal geben. „Erwarten sie uns?“

„Ja, und das Safety-Car steht euch auch zur Verfügung.“

„Großartig. Danke.“ Im Geiste hatte er alle Details ausgearbeitet und wusste, dass Gilbert alles auf die Reihe bekommen würde, aber es war trotzdem eine Erleichterung zu hören, dass alles klappte. „Ich muss mich beeilen, wenn wir noch rechtzeitig zum Training kommen wollen.“

„Wie lange dauert es noch, bis du ins Team zurückkehren kannst?“

Obwohl sein Manager ihn nicht sehen konnte, zuckte er mit den Schultern. „Meine sechs Wochen sind um. Ich bin bereit für ein normales Leben. Am Ende des Tages werde ich wissen, ob es bald so weit ist oder nicht.“

„Ich habe so lange gewartet, also glaube ich, dass ich noch ein paar Stunden warten kann.“

„Guter Junge.“ Nach ein paar weiteren Worten beendete Kyle das Gespräch. Er musste sich beeilen, um Addison abzuholen. Seine normalerweise niedrige Herzfrequenz hatte sich deutlich erhöht. Jeder würde denken, er sei ein junger Teenager, der seinen Schwarm abholt. Wenn diese Idee schiefging, wusste er nicht, was er tun sollte.

Addison hätte nicht überrascht sein sollen, wie gut dieser Mann ein Geheimnis bewahren konnte. Wieder einmal hatte sie keine Ahnung, wohin sie fuhren oder was sie dort tun würden. Er hatte ihr nur gesagt, sie solle bequeme Kleidung und Schuhe tragen. Am besten eine Hose.

Alle möglichen Ideen schwirrten ihr im Kopf herum. Hin- und hergerissen zwischen Vorfreude, Aufregung und möglicherweise blankem Entsetzen, hatte sie wirklich keine Ahnung, was er vorhatte. Das Einzige, was sie tun konnte, war zu beten, dass er nicht von ihr erwartete, etwas Verrücktes zu tun, wie aus einem Flugzeug zu springen.

Als sie vor einem Wachhäuschen am Eingang eines riesigen Parkplatzes für eine Arena oder ein Stadion anhielten, konnte sie zumindest das Fallschirmspringen als seine kleine Überraschung ausschließen. „Wenn du mich hierhergebracht hast, um Baseball oder Football zu spielen, hast du Pech gehabt. Ich habe eine ganz schlechte Koordination."

Er lachte gellend und fuhr in eine Lücke zwischen einem anderen Auto und dem Haupteingang. „Das glaube ich der Dame nicht, die es innerhalb weniger Stunden geschafft hat, auf einem Rennsegelboot das Gleichgewicht zu finden."

„Das ist etwas anderes. Mein Gleichgewicht hilft mir nicht, einen Ball zu schlagen oder zu fangen."

„Mag sein."

Sie stieg aus dem Auto und freute sich, als er einen

Arm ausstreckte und ihre Hand in seine legte, dann zog er sie langsam in seine Arme. Er blickte ihr tief in die Augen, seine Arme hingen locker um ihre Taille, und bevor sie ganz begreifen konnte, was geschah, berührten seine Lippen ihre hauchzart. Als er sich zurückzog, wäre sie fast nach vorn gegen ihn gefallen, weil sie sich nach mehr sehnte.

„Das musste ich tun, bevor wir reingehen. Nur für den Fall."

„Für welchen Fall?"

„Du wirst schon sehen." Er zog an ihrer Hand, und in wenigen Minuten wurde ihr klar, dass sie sich nicht in einem Baseballstadion, sondern auf einer Rennbahn befanden.

„Fährst du hier deine Rennen?"

Er schüttelte den Kopf. „Nein. Ich fahre Rennen im ganzen Land und auf der ganzen Welt. Die Autos und die Regeln sind für mich anders."

„Was meinst du damit?"

„Zum einen fahren wir in Teams mit zwei Autos."

„Das ergibt keinen Sinn. Ich meine, nehmen wir mal an, du und dein Teamkollege sind auf dem ersten und zweiten Platz. Würde das nicht bedeuten, dass ihr nicht als Team, sondern gegeneinander antretet?"

Er lachte. „So in etwa. Aber wir tun alles, was für das Wohl des Teams notwendig ist."

„Ich verstehe." Zumindest verstand sie das irgendwie. Was sie allerdings nicht verstand, war, warum sie hier waren.

„Hey, Mann!" Ein hochgewachsener Herr Mitte vierzig kam auf sie zu, mit breitem Grinsen im Gesicht und ausgestreckter Hand.

Kyle umarmte ihn mit Schulterklopfen. „Ich weiß es wirklich zu schätzen, dass du mit Gilbert zusammengearbeitet hast, um dies zu ermöglichen."

Kyle nahm wieder ihre Hand und folgte seiner

Freundin durch das Gebäude und hinunter zu dem, was sie für das Herzstück der Strecke hielt. Das sehr *laute* Herz der Rennstrecke.

„Das wirst du sehen wollen." Sein Freund deutete nach vorn. „Einer unserer neueren Backups macht gerade eine Testfahrt."

„Wie ist es ihm ergangen?"

„Nicht schlecht. Sein Timing ist allerdings noch nicht so gut."

Sie nahm neben ihm auf der Tribüne Platz. Die beiden Männer unterhielten sich über das Rennen, aber sie konzentrierte sich auf das Auto, das seine Runden drehte. Der junge Fahrer hatte die Strecke mehrmals umrundet, und jedes Mal wurde er von einem anderen Auto überholt.

„Was denkst du?" Kyle lenkte seine Aufmerksamkeit von seinem Freund zu ihr.

„Er bremst zu früh."

„Wirklich?" Kyle lächelte, aber sein Freund beugte sich vor, um sie besser sehen zu können.

„Ja. Wenn du beide Autos beobachtest, wirst du sehen, dass derjenige, der schneller ist, mit dem Bremsen wartet. Dein Freund hingegen scheint etwa 30 Meter vor seinem Gegner zu bremsen."

Kyle drehte den Kopf leicht in Richtung seines Freundes.

Dieser lächelte und nickte. „Das haben Sie alles mitbekommen, nachdem Sie ein paar Runden zugesehen haben?"

„Das ist einfache Mathematik."

„Sie ist Ingenieurin", erklärte Kyle.

Der Freund nickte erneut. „Ist Ihnen noch etwas aufgefallen?"

„Nun ja. Ich bin sicher, wenn ich mir die Runden genauer anschaue, könnte ich noch andere Beobachtungen anstellen, aber im Moment ist es das zu frühe

Bremsen. Außerdem sollte er früher Gas geben. Und zwar, sobald er aus dem Scheitelpunkt der Kurve draußen ist, dann würde er schneller abheben."

„Und das haben Sie *wirklich* alles herausgefunden, nachdem Sie ihm ein paar Minuten lang beim Rennen zugeschaut haben?" Aus dem Tonfall des Freundes ging nicht hervor, ob er von ihr beeindruckt war oder sich über sie lustig machte.

„Sie ist schlau." Kyle grinste, als hätte er ganz allein ein besseres Rad erfunden.

Jetzt war es ihr egal, wie der andere Typ seinen Kommentar gemeint hatte. Der Stolz in Kyles Augen war alles, was sie brauchte, um sich als Siegerin zu fühlen. Sie steckte in so vielen Schwierigkeiten, wenn es um Kyle ging. Wenn sie nicht schon in ihn verliebt war, war sie auf dem besten Weg dazu.

Kyle könnte nicht stolzer auf Addison sein, wenn sie im Alleingang ein Heilmittel für Krebs gefunden hätte. „Bist du bereit für deine Überraschung?"

„Gibt es noch mehr?"

Er nickte und stand auf. „Komm mit!"

„Wir sehen uns später!" Sein Freund klopfte ihm auf die Schulter.

Sie spürte langsam die Energie der Strecke und freute sich auf das, was er ihr jetzt zeigen wollte. Unten, umgeben von Gras, Schildern und dem Lärm von Autos und Menschen, fand sie sich in einer Werkstatt wieder, in der mehrere Leute herumliefen und ein wirklich schnittiges Auto stand. Es war lindgrün.

„Hey, Kyle!" Ein weiterer Mann in einem Overall und mit einem Stapel gefalteter Tücher erschien. „Bist du bereit?"

Kyle nickte und nahm den Stapel entgegen. Sie erkannte, dass es sich um weitere Overalls handelte. Er drehte sich um und reichte ihr den obersten, dann deutete er über ihre Schulter. „Da hinten ist eine Toilette. Zieh die einfach über deine Kleidung an."

Sie brauchte keinen Spiegel, um sicher zu sein, dass ihr Gesichtsausdruck wahrscheinlich einer erschrockenen Eule mit weit aufgerissenem Schnabel glich. Sie machte den Mund wieder zu und starrte auf das Kleidungsstück in ihren Händen. Dann sah sie zu ihm auf. „Wie bitte?"

„Wenn wir eine Spritztour machen, musst du den Schutz-Overall tragen."

Sie drehte den Kopf zu dem neonfarbenen Auto und starrte anschließend wieder ihn an. „Ich fahre dieses Ding nicht."

„Das musst du auch nicht."

Erleichtert atmete sie aus. „Gut."

„Ich werde es tun." Kyle lächelte. „Du wirst auf dem Beifahrersitz sitzen."

Panik stieg in ihr auf. „Ganz bestimmt nicht."

„Ich verspreche, dass ich nicht zu schnell fahren werde."

Wie Schönheit liegt auch Schnelligkeit in den Augen – oder der Meinung – des Betrachters. „Das glaube ich nicht."

„Ich finde, dass das, was ich tue, den Leuten weniger Angst macht, wenn sie verstehen, dass es sicherer ist, als sie denken."

Man musste kein Ingenieur sein, um zu verstehen, dass Geschwindigkeit und Masse leicht zu tödlichen Verletzungen führen können. „Ich glaube wirklich nicht, dass das notwendig ist."

„Wenn ich jetzt mit Vollgas um die Strecke fahren würde, würdest du also ganz ruhig zusehen?"

Sie war kurz davor, zustimmend zu nicken, als ihr klar wurde, dass tödliche Gefahr tödliche Gefahr war, egal ob sie im Auto saß oder nicht, und sie seufzte. „Vermutlich nicht."

„Ich verstehe." Er senkte den Kopf, und das Funkeln in seinen Augen wurde schwächer.

Warum musste er wie ein kleines Kind aussehen, dessen Lieblingssüßigkeit auf den Boden gefallen war? Und warum fühlte sie sich so gezwungen, das Funkeln zurückzubringen? „Versprichst du mir, dass du es langsam angehst?"

Er starrte auf seine Füße und rieb sich mit einer Hand den Nacken. „Ich glaube, ich habe schon gesagt, dass ich nicht schnell fahren werde."

„Ist *nicht schnell* die Definition von *langsam*?" Sie bedauerte sofort, das gesagt zu haben.

Er schüttelte den Kopf. „Nein, schnell ist nicht schnell, langsam ist langweilig."

Der Himmel möge ihr beistehen! Sie nahm an, dass dies besser war als ein Sprung aus einem Flugzeug. Vielleicht. „Okay, aber wenn wir sterben, werde ich dich im Himmel ausfindig und dir das Leben zur Hölle machen."

Ein breites Grinsen breitete sich auf seinem Gesicht aus.

„Was ist so lustig?"

„Glaubst du, ich komme in den Himmel?"

„Männer!" Sie wirbelte herum und stapfte in die nicht sonderlich saubere Toilette. Ein paar Minuten später rüsteten Kyle und sein Freund sie mit stiefelähnlichen Schuhüberzügen, Handschuhen, einem Nackenschutz und einem Helm aus. Sie fühlte sich wie ein Alien aus dem Weltall.

Als sie im Auto saß, griff sie nach dem Sicherheitsgurt und schnallte sich an. Dann nahm sie sich einen Moment Zeit, um ihre Umgebung zu betrachten, und ihr fiel auf, dass das Innere des Wagens ganz schön kahl aussah. „Ist dieses Ding wirklich sicher?"

„Sehr. Das ist nicht wie die Autos, die ich fahre. Das ist ein Sicherheitsauto für zwei Personen, das oft für spezielle Trainings oder Vorführungen verwendet wird, so wie jetzt. Aber nur damit du es weißt, im Laufe der Jahre hat man die Sicherheit der Autos für Rennfahrer immer weiter verbessert."

Sie nickte. Nicht wirklich überzeugt, aber sie wollte nicht zulassen, dass ihre Gedanken sich an diesem Knochen festbissen.

„Bei unserem kleinen Ausflug werden wir das einzige Auto auf der Strecke sein."

Dadurch fühlte sie sich tatsächlich ein wenig besser – nicht gut, aber besser. Langsam fuhr er von der Werkstatt weg, und sie holte tief Luft. Als sie die Rennstrecke erreichten, gab er Gas und fuhr, wie er versprochen hatte, nicht zu schnell. Tatsächlich fuhr sie auf der Route I45 zwischen ihrer Wohnung in Houston und dem Haus ihrer Mutter wahrscheinlich schneller. Vielleicht war das gar keine so schlechte Idee.

„Geht es dir gut?", fragte er, ohne sie anzusehen.

Sie nickte. „Ja."

„Vertraust du mir?"

„Ich glaube schon."

„Du glaubst es nur?"

Sie brauchte eine Sekunde, um ihre Gedanken und Gefühle zu sortieren. Zu ihrer Überraschung schlug ihr eine Gewissheit ins Gesicht. Obwohl sie in einem Rennwagen festgeschnallt war, vertraute sie ihm tatsächlich. Voll und ganz. „Das tue ich."

„Gut. Dann starten wir jetzt."

Das Auto fuhr los, irgendwo zwischen dem Fahren auf dem Highway und der Warp-Geschwindigkeit der Enterprise. Und doch suchte sie nicht nach einem Haltegriff oder trat mit dem Fuß auf eine nicht vorhandene Bremse. Sie machte einfach mit, und es funktionierte besser, als sie gedacht hätte. Als sie ein paar Runden gedreht hatten und in die Box gerollt waren, war sie sogar enttäuscht, dass die Fahrt vorbei war.

Plötzlich wurde ihr klar, dass das Leben furchtbar langweilig werden würde, wenn Kyle wieder Rennen fahren und die Welt bereisen würde – ohne sie.

Sie sprang aus dem Auto, und zwei Männer eilten herbei, um ihr zu helfen. Sobald ihr der Helm abgenommen worden war, drehte sie sich um und sah Kyle neben sich stehen. „Was denkst du?"

„Können wir das noch mal machen?"

Er legte den Kopf in den Nacken und brach in schallendes Gelächter aus. „Heute nicht, aber bald. Ich verspreche es dir."

Ohne nachzudenken, schlang sie die Arme um seinen Hals und gab ihm vor Gott und der ganzen Rennwelt einen festen Kuss auf die Lippen.

Als sich einer der Jungs, die ihr geholfen hatten, laut räusperte, traten sie auseinander, und lächelnd begegnete Kyles Blick ihrem. „*Das* werden wir auf jeden Fall wieder tun, und zwar sehr bald."

KAPITEL VIERZEHN

Der Tag auf der Rennstrecke hätte nicht besser laufen können. Kyle hatte gewusst, dass dies der Moment war, in dem es um alles oder nichts ging. Die vergangenen Tage hatte er damit verbracht, darüber nachzudenken, wie es weitergehen sollte. Nur wenige Fahrer fuhren nach Mitte dreißig noch auf der Rennstrecke. Er war noch nicht bereit, sich zur Ruhe zu setzen. Diejenigen, die nicht aufgeben wollten, wechselten zu den langsameren Indy-Cars. Er war sich noch nicht sicher, ob das der Weg war, den er einschlagen wollte. Er war sich hinsichtlich vieler Dinge nicht mehr sicher.

„Du siehst verwirrt aus." Sein Großvater blickte von dem Buch auf, in dem er, in seinem Lieblingssessel sitzend, gelesen hatte.

„Ich denke nur nach."

„Veränderungen sind nicht immer einfach, aber es hilft, wenn sie aus einem guten Grund geschehen." Der ältere Mann steckte ein Lesezeichen aus Papier ein, klappte das Buch zu und legte es auf den Beistelltisch. „Wann siehst du diese nette junge Dame wieder?"

„Tatsächlich bin ich gerade auf dem Weg, sie abzuholen. Wir gehen zum Abendessen."

„Warum bringst du sie nicht wieder zum Essen mit?" Seine Großmutter unterbrach ihr Stricken. „Letztes Mal hatten wir nicht viel Gelegenheit, sie kennenzulernen, weil so viele Familienmitglieder hier waren. Wir würden uns freuen, wenn sie wiederkommt."

„Ich weiß nicht …", erwiderte Kyle zögerlich.

„Eine ausgezeichnete Idee, wie immer, meine Liebe." Der Gouverneur wandte sich an seinen Enkel: „Du wirst doch deine Großmutter nicht enttäuschen wollen, oder?"

„Nein, Sir." Allerdings war er sich sicher, dass die Enttäuschung nichts mit seiner Großmutter, sondern nur mit dem Interesse seines Großvaters an Urenkeln zu tun hatte. Ein Interesse, das er mit dem alten Mann zu teilen begann. Und war das nicht das Letzte, was er selbst von sich erwartet hätte?

Die Fahrt zu dem Tierheim, in dem Addison ehrenamtlich arbeitete, kam ihm kürzer vor als sonst. Trotz seiner Neigung zum Bleifuß auf dem Highway hatte er sich an die Geschwindigkeitsbegrenzung gehalten, aber seine Gedanken hatten ihn so beschäftigt, dass er fast die Ausfahrt verpasst hätte. Drinnen wurde er wieder von den umherhüpfenden Welpen in dem kleinen Käfig begrüßt. Allerdings waren es nur noch zwei Welpen.

„Hallo." Addison lächelte hinter dem Tresen zu ihm hoch. „Du bist früh dran."

„Bin ich das?" Er warf einen Blick auf seine Armbanduhr und widerstand dem Drang, hinter den Empfangstresen zu treten und sie für einen köstlichen Kuss vor dem Abendessen zu umarmen. Er hockte sich neben den kleinen Käfig und kraulte die Ohren der Welpen. „Sie sind ganz schön gewachsen."

„Das machen Welpen in diesem Alter."

„Ich bin überrascht, dass sie noch hier sind. Sie sind so niedlich."

„Das sind sie, nicht wahr?" Sie kam hinter dem Tresen hervor und hockte sich neben ihn, wobei sie abwechselnd einen ungestümen Welpen mit heftig wedelndem Schwanz hinter den Ohren kraulte.

„Es gibt eine kleine Planänderung." Kyle konzentrierte sich weiterhin auf die Ohren des flauschigen Welpen.

Während sie den einen noch kraulte und streichelte, hob Addison den anderen aus dem Käfig und setzte ihn auf den Boden. „Was für eine Änderung?"

Bevor er reagieren konnte, stürzte sich der kleine Welpe, der plötzlich aus seiner Gefangenschaft befreit worden war, mit so viel Energie, dass damit eine kleine Stadt versorgt werden könnte, auf ihn und warf ihn von den Füßen auf den Rücken. Kyle setzte sich sofort wieder auf, und ohne zu zögern rollte sich der Hund in seinen Schoß. Mit dem Schwanz über den Boden streichend, leckte der Welpe liebevoll seine Hand ab.

„Ich glaube, er mag dich."

„Wahrscheinlich riecht meine Hand nach dem Steak, das ich heute zu Mittag gegessen habe."

„Oder er hat gute Instinkte. Die meisten Hunde haben das."

Er konnte nicht anders, als sie anzugrinsen, widerstand aber dem Drang zu fragen, was ihr Instinkt *ihr* sagte. Stattdessen erklärte er ihr die Planänderung. „Meine Großmutter hat dich für heute Abend zum Essen eingeladen. Mein Großvater hat darauf bestanden, dass ich zusage. Ich hoffe, es macht dir nichts aus?"

„Ganz und gar nicht. Ich habe ihre Gesellschaft beim letzten Mal genossen."

„Dieses Mal wird es keine Menschenmenge geben. Nur wir vier. Mein Bruder Mitch könnte allerdings dabei sein. Er lagert ein Flugzeug in einer der Scheunen, an dem er schon seit Jahren arbeitet."

„Er baut an seinem eigenen Flugzeug herum?"
Kyle nickte.

„Du hast wirklich eine sehr interessante Familie."

Sie lächelte sanft.

Freudig erwiderte er das Lächeln. „Danke."

Der andere Welpe, der allein im Käfig zurückgelassen worden war, begann leise zu wimmern. Addison hob ihn heraus, und genau wie sein Geschwisterchen flog der nicht mehr ganz so kleine Welpe in Kyles Richtung. Wieder fand er sich auf dem Rücken liegend wieder, nur diesmal mit einem Hund an jeder Seite, die ihm das Gesicht ableckten. Mit zusammengekniffenen Augen murmelte er: „Wir sollten wirklich anfangen, uns richtig kennenzulernen."

Obwohl er sich bemühte, sich von den beiden energischen Welpen zu befreien, waren die Kleinen schneller als er. Etwas, das vor zehn Jahren noch nicht der Fall gewesen wäre. Ein weiteres Zeichen dafür, dass er vielleicht darüber nachdenken sollte, ob seine Zeit auf der Rennstrecke eher früher als später zu Ende gehen würde. Obwohl sein Arzt ihm gesagt hatte, dass er in ein paar Wochen wieder Rennen fahren könnte, und seine Zeit in den Simulatoren gezeigt hatte, dass seine Reflexe so gut wie immer waren, sagten die Welpen, die jetzt auf seiner Brust hockten und sein Gesicht ableckten, etwas anderes darüber aus, wohin seine Zukunft führen würde. Als er zu Addison aufblickte, die ihn anlächelte, und dann wieder zu den schwanzwedelnden, energiegeladenen Fellknäueln, schlug sein Herz schneller. Zum ersten Mal in seinem Leben könnte er etwas haben, das ihm wichtiger war als ein Rennen.

„Ich weiß nicht, ob sie dich gehen lassen werden. Ich fürchte, du wirst sie mitnehmen müssen."

„Ich reise zu viel herum. Die meiste Zeit außerhalb der Saison verbringe ich auf der *Baroness*, und viele der Länder, in die ich fliege, haben sehr strenge Vorschriften für Hunde und Quarantäne."

Sie zuckte mit den Achseln. „Du scheinst mir ein

Mann zu sein, der über den Tellerrand hinausschaut.“

Das war er auch. Aber es hatte sich so vieles verändert. Da waren nun diese Welpen. Sein mögliches Karriere-Aus. Diese Frau. Es war definitiv an der Zeit, alles, was er für wichtig gehalten hatte, zu überdenken. Und zwar bald, bevor er seine Chance verlor.

„Sprich lieber ein Gebet.“ Kyle stieg an der Fahrerseite aus und eilte zu Addisons Beifahrertür.

„Ich glaube nicht, dass wir es brauchen werden.“ Sie war hocherfreut gewesen, als sie gesehen hatte, dass er sie mit einem der Pick-ups der Ranch abgeholt hatte. Das hatte es ihr leichter gemacht, darauf hinzuweisen, dass das Schicksal – was die Welpen betraf – auf ihrer Seite war.

„Das sagst du jetzt, aber meine Großeltern haben seit mindestens einem Jahrzehnt keine Hunde mehr im Haus gehabt. Ich bin sicher, wenn sie einen gewollt hätten, hätten sie sich einen angeschafft.“

„Vielleicht war ihnen einfach nicht klar, wie sehr sie einen Hund in ihrem Leben brauchen.“

Auf dem Weg zum Abendessen hatten sie in der Zoohandlung angehalten und alle notwendigen Dinge für die Tiere gekauft. Nachdem Kyle sich mit dem Gedanken abgefunden hatte, dass er das Tierheim nicht ohne einen der Welpen verlassen würde, hatte er überlegt, welchen er auf die Ranch bringen sollte. Die beiden hatten sich Hals über Kopf in Kyle verliebt, und an dem Funkeln in seinen Augen und dem gelegentlichen Lachen über ihre Possen hatte sie erkennen können, dass dieser sich auch in sie verliebt hatte. Als er schließlich zugegeben hatte, dass er es nicht übers Herz brachte, einen von ihnen zurückzulassen, hatte sie selbst sich noch ein bisschen mehr in ihn verliebt. Als ob sie nicht ohnehin schon auf dem besten Weg wäre, sich Hals über Kopf in diesen Typen zu verknallen.

„Wie sieht der Plan aus?", fragte sie.

Er betrachtete all die Taschen auf dem Rücksitz des Pick-ups und dann die nebeneinander stehenden Käfige. Als er die beiden Welpen sah, die darin dösten und deren Rücken sich durch die Käfigdrähte berührten, hob er seine Lippenwinkel nach oben. „Irgendetwas sagt mir, dass wir nur einen Käfig brauchen."

„Vielleicht vorläufig." Wenn eine Familie ein Tier aus dem Tierheim adoptierte, hatte das Personal immer ein gutes Gefühl. Als die Mitarbeiter gesehen hatten, wie Kyle diese kleinen Kerle mitnahm, war ihnen ganz warm ums Herz geworden.

Kyle tippte auf die Heckklappe und trat einen Schritt zurück. „Vielleicht ist es besser, Grandma behutsam darauf vorzubereiten."

„Nicht den Gouverneur?"

Er schüttelte den Kopf. „Was Grandma will, kriegt sie auch. Sie ist diejenige, die wir überzeugen müssen."

„Okay." Sie streckte eine Hand aus. „Wir machen das zusammen."

„Zusammen." Er grinste sie an, drückte ihre Hand und ließ ihr Herz ein wenig schneller schlagen. Der Gedanke gefiel ihr sehr.

Lila Baron saß im vorderen Wohnzimmer und lächelte auf, als sie den Raum betraten. „Ich hatte früher mit euch gerechnet."

„Wir mussten auf dem Heimweg noch etwas besorgen." Kyle bedeutete Addison, auf dem Sofa Platz zu nehmen, und setzte sich dann, ohne ihre Hand loszulassen, neben sie. „Ich habe dir ein kleines Geschenk mitgebracht."

„Zwei, um genau zu sein." Addison lächelte sanft

und hoffte, dass das nicht zu viel gewesen war. Sie wünschte sich sehr, dass Kyles Großeltern mit an Bord sein würden. Mit so viel Land, auf dem die Hunde herumlaufen und vielleicht sogar ein paar Kühe jagen konnten, würden sie wahrscheinlich ein langes und äußerst glückliches Leben führen.

„Oh." Lilas Lächeln wurde breiter. „Ich liebe Überraschungen! Was ist es denn?"

Kyle blickte Addison an, hob eine Augenbraue und stellte zu ihrer Freude fest, dass sie genau verstand, was er fragte. Sollten sie die Welpen jetzt holen oder seine Großeltern zunächst mit dem Gedanken vertraut machen? Da sie nicht wusste, was die richtige Antwort war, zuckte Addison nur mit einer Schulter und hob ihre freie Hand in einer unsicheren Geste nach oben. Mit einem verständnisvollen Nicken richtete er sich auf und murmelte: „Wir können es genauso gut hinter uns bringen."

„Wir sind gleich wieder da. Ich hole die Überraschung aus dem Wagen. Lass die Augen geschlossen."

Lila Baron tat, wie ihr geheißen, und der Gouverneur runzelte die Stirn.

„Du auch."

Der alte Mann hob überrascht die Augenbrauen hoch und tat dann mit einem resignierten Seufzer, was ihm gesagt wurde.

Sie gingen durch die Haustür und die Treppe hinunter, dann öffnete Addison einen Käfig und schnippte mit den Fingern vor dem Welpen, der bereits aufgewacht war. „Irgendwie bin ich mir nicht mehr so sicher wie noch vor Kurzem."

Kyle schnappte sich den zweiten Welpen und wiegte ihn in seinen Armen. „Jetzt bloß nicht kneifen!"

„Nein, Sir." Sie grinste, und gemeinsam machten sie sich auf den Weg zurück ins Haus.

Drinnen angekommen, setzte Kyle den ersten

Welpen zu den Füßen seiner Großmutter ab und gab Addison mit dem Kinn ein Zeichen, das Gleiche beim Gouverneur zu tun. Er legte eine Hand auf den Rücken des Welpen, damit er nicht aufsprang und sie aufschreckte, und holte tief Luft. „Du kannst jetzt gucken."

Zur gleichen Zeit, als sich die Augen seiner Großmutter weit öffneten, ließ Kyle den Welpen los. Dieser drehte sich für den Bruchteil einer Sekunde zu Kyle um, als würde er ihn um Erlaubnis bitten, bevor er den Schuh der älteren Frau leckte und sich dann sanft an ihr Bein drückte.

„Ich glaube, er will, dass du ihn hochhebst", sagte Kyle.

„Ach du meine Güte!" Lila starrte den Welpen mehrere Sekunden lang an. Anders als bei Kyle stürzte sich der Welpe nicht auf sie, sondern saß nur schwanzwedelnd da und wartete darauf, dass sie etwas tat.

„Was bist du für ein süßes Kerlchen!" Lila zog einen Mundwinkel nach oben, so wie Addison Kyle hatte grinsen sehen, wenn ihm eine Idee kam.

Addison war so sehr mit Lilas Reaktion beschäftigt, dass sie einen weiteren Moment brauchte, um zu bemerken, dass der Gouverneur seinen Welpen bereits auf dem Schoß hatte und ihn in den Schlaf streichelte. Wie zum Teufel hatte er das so schnell geschafft?

Der alte Mann konnte eindeutig Gedanken lesen. Sein Blick begegnete Addisons, und all die schroffen und rauen Kanten, die sie beim letzten Mal gesehen hatte, waren hinter diesen lächelnden Augen verschwunden. „Nennt mich einen Hundeflüsterer."

Lila schniefte. „Ich dachte, ich wollte nicht, dass mir wieder das Herz gebrochen wird."

Der Gouverneur streckte eine Hand aus und tätschelte sanft das Knie seiner Frau. Jetzt verstand

Addison, warum sie sich ein Jahrzehnt lang keine neuen Hunde angeschafft hatten.

„Ich glaube, ich habe mich geirrt." Sie wischte sich eine Träne aus einem Auge, hob den Welpen auf ihren Schoß und richtete ihre Aufmerksamkeit auf ihren Enkel. „Sie sind ein schönes Geschenk."

Zwei Sekunden später pinkelte der Welpe in ihren Schoß, und während Addisons Kinnlade vor Entsetzen nach unten klappte, überraschte Lila Baron sie mit einem tiefen Lachen. „Oh, wir werden dir wohl bessere Manieren beibringen müssen."

Von der Sekunde an, in der Addison ihn mit großen Augen angesehen und ihm gesagt hatte, dass die Welpen für ihn bestimmt waren, hatte er gewusst, dass sie recht hatte. Irgendwie. Sie waren für den Haushalt der Barons bestimmt, wo er sie beim Sonntagsessen und anderen längeren Besuchen sehen würde. Das Gesicht seiner Großmutter hatte vor Freude gestrahlt, als sie mit den Welpen gesprochen und sie in ihrem neuen Zuhause in der Waschküche untergebracht hatte. Er liebte Addison noch mehr, weil sie ihn überzeugt hatte, den Welpen eine Chance zu geben.

Und ja, er hatte keine andere Wahl als zuzugeben, dass er sich Hals über Kopf in Addison verliebt hatte. Sie war definitiv der einzige Mensch auf diesem Planeten, der für ihn bestimmt war. Er musste nur noch herausfinden, wie er sie davon überzeugen konnte.

Zu seiner Überraschung hatte sich sein Bruder Mitch zum Abendessen zu ihnen gesellt, nachdem er eine Weile am Flugzeug gearbeitet hatte. Zuerst hatte er sich keine großen Gedanken darüber gemacht, wie viel Zeit Mitch auf der Ranch verbrachte. Schließlich liebte jedes Baron-Enkelkind diesen Ort und freute sich, gesunde und liebevolle Großeltern zu haben. Aber sie hatten alle ihr eigenes Leben. Mitchs Hin- und Rückflüge aus Washington schienen zuzunehmen. Vielleicht sollte Kyle mit Craig und Chase darüber sprechen. Vielleicht wussten sie, was los war. Obwohl, die Intuitivste in der Familie war Eve. Vielleicht sollte er bei ihr anfangen.

„Ich habe gehört, dass dein Arzt dir grünes Licht gegeben hat." Mitch nahm einen Bissen von seinem Roastbeef.

Kyle nickte. „Der Doc hat mir sein Okay gegeben, und meine letzten Trainingseinheiten zum Lösen des Gurts und zum Entfernen des Lenkrads lagen durchweg unter den geforderten fünf Sekunden. Ich werde in Austin auf die Strecke gehen, um die offizielle Genehmigung zu erhalten, und wenn alles gut geht, werde ich meinen Platz in der Startaufstellung wieder einnehmen."

„Gut." Mitch griff nach seinem Wasserglas. „Für einen Ersatzfahrer in einem oder zwei Rennen ist Gibs nicht schlecht, aber er hat einfach nicht das Gespür für Timing, um eine ganze Saison durchzuhalten. Vergangene Woche hat er zu spät geblockt und drei Autos ins Schleudern gebracht."

„Das Gleiche habe ich zwei Wochen zuvor gemacht. Sogar ich weiß, dass man sich nicht bewegen darf, wenn man bremst", fügte Lila hinzu.

Der Gouverneur nickte. „Das Team wird froh sein, dich wiederzuhaben."

Kyle nickte. Er hatte die Rennen aufmerksam verfolgt, und die beiden Unfälle im Abstand von nur zwei Wochen hatten ihn dazu gebracht, so schnell wie möglich zurückzukehren. Zumindest für den Rest der Saison.

„Du fährst also nächste Woche ein Rennen in

Austin?" Addisons Stimme klang alles andere als gemäßigt.

„Ich glaube schon."

Mit zusammengepressten Lippen legte sie ihre Gabel ab, nickte und griff nach ihrem Glas Wasser.

„Wir sollten alle hinfahren und zusehen." Mitch lächelte Addison an. Gott segne seinen großen Bruder, der versuchte, Addison zu beruhigen und seinen riskanten Job zu einer Familienangelegenheit zu machen.

„Ja." Lila nickte.

Kyle wirbelte überrascht den Kopf herum. Seine Großmutter war einmal bei einem Rennen live dabei gewesen und nie wieder zurückgekehrt. Soweit er wusste, schaute sie sich Rennen nicht einmal gerne im Fernsehen an.

„Dann machen wir das." Der Gouverneur hatte die Entscheidung für alle getroffen.

Addisons Blick wanderte von einem Familienmitglied zum anderen, bevor er auf Kyle haften blieb.

„Ich würde dich gerne dabei haben", sagte er leise und wagte es, nach ihrer freien Hand zu greifen.

Ganz langsam nickte sie. „Ich bin sicher, das wird schön."

Sie klang nicht sonderlich überzeugt, aber er würde ihr klarmachen, dass, so gefährlich Rennfahren auch sein mochte, all die Fortschritte der vergangenen Jahre seinen Job sehr sicher gemacht hatten. Denn eines wusste er schon jetzt: Wenn er sich zwischen dem Beruf, den er liebte, und der Frau, die er liebte, würde entscheiden müssen, wäre die Antwort sonnenklar.

KAPITEL FÜNFZEHN

Offenbar bedeutete ein Tag beim Rennen eigentlich ein Wochenende beim Rennen. Eine weitere Sache, die Addison über die Reichen und Berühmten gelernt hatte, war, dass sie nicht nur zahlreiche teure Autos besaßen, sondern auch mehrere schöne Häuser. Die Familie Baron besaß ein Wochenendhäuschen für die zwei Tage im Jahr, an denen Kyle in Austin Rennen fuhr, und für die Woche des South by Southwest Festivals. Allerdings handelte es sich nicht wirklich um ein *Häuschen*. Ein solches bedeutete für Addison nicht eine fünftausend Quadratmeter große Villa mit sieben Schlafzimmern und einem fantastischen Blick auf die hügelige Landschaft.

Eve hatte sofort gemerkt, dass sie sich bei ihrer Ankunft ein wenig überfordert gefühlt hatte. „Ich weiß nicht, wie es Ihnen geht, aber ich liebe Mädelsabende."

„Mädelsabende?", hatte Addison wiederholt.

„Ja." Eve hatte einen Arm um Addison gelegt und sie langsam tiefer in das große Haus geführt. „Sie und ich teilen uns ein Zimmer. Wenn es für Sie okay ist, können wir uns also gerne duzen. Ich habe einen Vorrat an Cheddar-Popcorn, Chips, Smarties und meinen Lieblings-Merlot mitgebracht."

Sie hatte Eve von Anfang an gemocht, aber in diesem Moment war Addison dieser Frau unendlich dankbar gewesen, dass sie sie zum Lachen gebracht und den Wein mitgebracht hatte. Jetzt, in aller Frühe am nächsten Tag, war der Merlot vielleicht nicht die beste Idee gewesen. Die beiden hatten sich köstlich amüsiert, und zwar bis fast drei Uhr morgens. Am besten hatten ihr die Geschichten über Kyle gefallen, als er ein kleines Kind gewesen war.

Jetzt saß sie zwischen Eve und Craig Baron und starrte von ihrem bequemen und klimatisierten Sitz aus auf eine viel größere und anders aussehende Rennstrecke als die, auf der Kyle mit ihr eine Runde gedreht hatte.

„Wie viel weißt du darüber, wie das funktioniert?" Craig beugte sich zu ihr. Auch er hatte ihr mittlerweile das Du angeboten.

„Kyle hat es mir erklärt." Nicht, dass sie alles erfahren hätte, aber sie hatte fast einen Herzinfarkt bekommen, als ihr klar geworden war, um wie viel Geld es bei den Rennen ging. Irgendwann hatte sie kapiert, dass die Spitzenleute Millionen verdienten. Und zwar nicht nur ein oder zwei, sondern zweistellige Millionenbeträge.

„Du weißt also, dass Baron Industries Kyles Team sponsert."

Sie nickte. Sie war auch verblüfft gewesen, als sie erfahren hatte, dass das Team aus Hunderten von Leuten bestand, von Mechanikern und Ingenieuren bis hin zu Managern und PR-Leuten. Die Liste war lang. Seltsamerweise war das Interessanteste an diesem Tag, dass das Lenkrad rechteckig und nicht rund war und dass die Autos nicht mit Fußpedalen, sondern mit dem Lenkrad gesteuert wurden. Was sie anfangs immer wieder verwirrt hatte, war der Unterschied zwischen der Box und der Boxenwand. Jetzt, wo sie in der Luxusloge der Familie saß, konnte sie alles aus der Vogelperspektive sehen, und langsam ergab alles, was man ihr erzählt hatte, einen Sinn.

„Hier werden wir wirklich sehen, ob Kyle noch gut in Form ist." Eve drehte sich zu ihr. „Wenn er es in die Top Ten der Startaufstellung schafft, ist das schon mal gut. Die ersten fünf wären besser."

„Aber nicht ideal", erwiderte sie.

Eve schüttelte den Kopf. „Für die untersten fünf, die in der ersten Welle ausgeschieden sind, und die zweiten fünf, die es danach tun, wäre ein Platz unter den ersten zehn glorreich. Allerdings nicht für Kyle."

„Er ist ein bisschen wettbewerbsorientiert."

„Ein bisschen?", stichelte Eve, aber die beiden Frauen fingen an zu kichern.

Addisons Nerven begannen sich bereits ein klein wenig zu beruhigen. Die ersten Qualifikationsläufe begannen, und als sie die Strecke auf der Suche nach Kyles Auto absuchte, rutschte sie an den Rand ihres Sitzes. Autos rauschten vorbei. So weit, so gut. Keine Crashs, keine Pannen, und die Boxencrews wechselten die Reifen schnell!

„Okay, jetzt sind wir bei den besten fünfzehn Autos, die um die ersten zehn Startplätze kämpfen." Eve wies auf Kyles Team-Baron-Auto, und Addison schluckte schwer und ermahnte sich, die Armlehnen des Stuhls nicht so fest zu umklammern, sonst könnte jemand merken, dass sie wieder nervös wurde. Zu ihrer Überraschung half es ihr tatsächlich, den Blick auf Kyles Auto zu richten, um ruhig zu bleiben. Er fuhr so schnell, dass er, bevor sie wusste, wie ihr geschah, ein oder zwei Plätze nach vorn gerutscht war und sie sich tatsächlich von ihrem Sitz erhob und wie wild klatschte. Die Begeisterung in der Luxusloge war groß, als ein Auto kurz hinter Kyle ein anderes rammte und beide in die Mauer schleuderten.

Teile des Autos flogen durch die Luft. Reifen lösten sich und rollten die Strecke hinunter. Addison schlug die Hände vor den Mund und beugte sich noch weiter vor. Eine rote Flagge wurde geschwenkt, aber erst, als sich ein weiteres Auto um die Trümmer gedreht hatte und umgekippt war. Plötzlich war da ein rauchender Haufen aus mehreren Fahrzeugen. Und dann sprangen alle Fahrer aus ihren kaputten, zerfetzten Autos und rannten buchstäblich davon.

„Sie haben es mit der Sicherheit weit gebracht." Lila Baron legte eine warme Hand auf Addisons Unterarm. „Erst vor ein paar Jahren haben sie den Halo-Balken hinzugefügt, um noch mehr Leben zu retten. So gefährlich es auch sein mag, es wird ihm gut gehen."

Addison konnte nur nicken. Erst, als die Strecke geräumt war, die letzte Welle, die Kyle an dritter Stelle der Startaufstellung platziert hatte, abgeschlossen war und sie Craig und Eve die Treppe hinunter und aus dem Gebäude hinaus in den Bereich des Teams Baron folgte, wo sie Kyle sehen konnte, atmete sie wieder auf. Sie konnte sich nicht einmal ansatzweise vorstellen, wie sie sich gefühlt hätte, wenn er in einem der Autos in der Massenkarambolage gewesen wäre. Oder noch schlimmer.

„Also, was hältst du davon?" Eve saß seitlich in dem großen Schaukelstuhl, ihr Fuß baumelte über die Lehne, und sie trank einen Schluck von ihrem Wein.

Craig stützte sich mit den Unterarmen auf dem Geländer ab und blickte über seine Schulter zu seiner kleinen Schwester. „Wovon?"

„Dem Wetter", erwiderte sie sarkastisch. „Kyle und Addison. Was sonst?"

„Sie ist nett." Craig ließ den Blick wieder in die Ferne schweifen. Nachts, wenn die Stadt unter ihm beleuchtet war, war der Blick vom Haus genauso atemberaubend wie tagsüber.

„Das weiß ich. Es sind schon viele nette Frauen durch die Türen dieser Familie gekommen und gegangen. Ich glaube aber, dass ich Kyle noch nie so … gesehen habe. Allerdings bin ich mir nicht sicher, wie ich seinen Zustand beschreiben soll."

„Verliebt", bot Mitch schnell von seinem Platz gegenüber seiner Schwester an. „Apropos, wo sind die Turteltäubchen?"

Craig hob das Kinn in Richtung des Hügels unter ihm. „Ich mache einen Spaziergang. Addison wirkte beim Abendessen immer noch ein wenig nervös. Ich vermute, er versucht sie davon zu überzeugen, dass sein Leben nicht jedes Mal in Gefahr ist, wenn er sich hinter das Steuer eines Rennwagens setzt."

„Warte einen Moment! Stopp!" Eve bewegte sich, ließ ihre Füße auf den Boden fallen und beugte sich vor, ihren Bruder Mitch im Blick. „Was meinst du mit *verliebt*?"

„Du weißt schon. Liebe. Diese Sache, die Erwachsene tun, bevor sie heiraten und die Erde weiter bevölkern." Ein schwerer Vorhang der Traurigkeit senkte sich über Mitchs Augen. Ob es der Verlust seiner geliebten verstorbenen Frau war oder die Trauer darüber, dass sie keine gemeinsamen Kinder bekommen hatten, wusste Eve nicht. Aber ihr Bruder hatte dennoch bestätigt, was sie schon lange vermutet, jedoch nie auszusprechen gewagt hatte.

„Das sehe ich auch so." Craig drehte sich um und sah seine Geschwister an. „Die Frage, die ich mir stelle, ist, ob sie ihn verlässt, wenn ihr das alles zu viel wird, oder ob er die Rennen an den Nagel hängt, bevor sie von dem Stress zermürbt wird."

Jetzt spitzten alle die Ohren. „Glaubst du wirklich, er würde aufhören, Rennen zu fahren?"

„Du weißt doch, dass er neulich beim Abendessen davon sprach, sich zurückzuziehen, oder?" Mitch sah seine Schwester mit einer hochgezogenen Augenbraue an. „Ist *das* schon mal vorgekommen?"

Eve schüttelte den Kopf. Vieles war noch nie passiert. Angefangen damit, dass Addison es geschafft hatte, mehr als ein Familienessen zu überstehen. Die meisten Frauen, mit denen ihre Brüder ausgegangen waren – außer C.J. und Abbie – waren gekommen und schnell wieder gegangen. Und Chase und Mitch waren zwei Beispiele dafür, dass sich ihre Brüder schnell und heftig verliebten.

Auf dem Weg zurück zum Haus konnte Eve hören, wie Kyle Addison beruhigte. „Du hast doch gesehen, dass die Autos selbst bei einer Massenkarambolage sehr sicher sind."

Eve wusste nicht, ob Addison leise etwas erwidert oder ob sie nur den Kopf zustimmend oder ablehnend bewegt hatte.

„Vertraust du mir?", hörte Eve Kyle fragen, als sie unten an der Veranda standen.

Diesmal hörte sie, wie Addison leise antwortete: „Mehr als ich für möglich gehalten habe."

Das Schweigen zwischen den beiden hielt an, und Eve brauchte noch ein paar Augenblicke, bis die Neugier sie übermannte und sie sich aufrichtete und sich über das Geländer lehnte, um das Paar im Schatten unter sich zu sehen. In der Erwartung, Zeugin eines leidenschaftlichen Lippenbekenntnisses zu werden, sah sie stattdessen, wie Addison sich an Kyle schmiegte, ihren Kopf an seine Schulter legte und er sich zu ihr beugte, um ihr einen beruhigenden Kuss auf die Schläfe zu geben.

Grundgütiger! Mitch hatte recht. Kyle war definitiv Hals über Kopf in Addison verliebt.

Die Terrassentür ging auf, und zu ihrer Überraschung erschien nur Kyle. „Addison ist erschöpft. Sie ist schon zu Bett gegangen."

„Ich trinke das nur noch aus, dann gehe ich zu ihr." Eve hielt ihr Glas hoch, damit ihr Bruder sehen konnte, dass es fast leer war.

„Danke." Kyle lächelte. „Das würde ich zu schätzen wissen. Ich vermute, sie könnte ein wenig Zeit allein gebrauchen, um den Tag zu verarbeiten und sich zu entspannen, aber ich möchte nicht, dass sie zu lange allein ist."

„Keine Sorge." Eve könnte sich an die Rolle der Schwägerin und Freundin gewöhnen. Sie liebte C.J. über alles, aber Chase und seine Frau lebten in Dallas, sodass sie nicht viel Gelegenheit hatte, Zeit mit dem jüngsten Zuwachs an Frau und Schwester im Stammbaum zu verbringen. Obwohl Kyle als Rennfahrer um die Welt reiste, konnte sie ihn in seiner Freizeit sehen, und jetzt vielleicht auch Addison. Vermutlich zäumte sie damit jedoch das Pferd von hinten auf. Vielleicht löste sich das Ganze schon bald in Luft auf? Aber wenn sie wetten müsste, würde sie alles auf eine baldige Hochzeit setzen.

KAPITEL SECHZEHN

Als er gestern an den Qualifikationsrennen teilgenommen hatte, hatte Kyle sich verdammt gut gefühlt. Als Dritter in die Startaufstellung zu kommen, war auch nicht schlecht gewesen. Wenn man bedachte, wie viele Wochen er nicht hinter dem Steuer gesessen und wie lange es gedauert hatte, bis er sein Handgelenk wieder vollständig hatte auskurieren können, war er mit dem dritten Platz absolut zufrieden. Als er nun darauf wartete, in sein Fahrzeug zu steigen, spürte er den vollen Adrenalinstoß, der ihn diesen Job lieben ließ. Wie konnte er das aufgeben, solange er noch das Zeug dazu hatte? Die Frage ließ ein schönes Gesicht vor seinem geistigen Auge auftauchen.

„Siehst gut aus, Mann!" Gibs, der Ersatzfahrer, der während seiner Rekonvaleszenz seinen Platz im Team eingenommen hatte, klopfte ihm auf die Schulter. „Wir haben dich vermisst."

Kyle nickte. „Danke. Es ist schön, wieder hier zu sein." Er schaute zur Tribüne und zu dem privaten Luxusbereich, von dem aus seine Familie zusehen würde. Aus dieser Entfernung konnte er kaum ausmachen, wer die kleinen Punkte darin waren. Er fragte sich, was Addison dort oben machte. Es bestand kein Zweifel, dass sie mit seiner Familie gut auskam. Sie und Eve verstanden sich schon jetzt prächtig, und er war sich ziemlich sicher, dass sie mit der Zeit allen möglichen Blödsinn anstellen würden. Was er sich wirklich wünschte, war, Addison zu sehen, bevor das Rennen losging. Verdammt, er hätte nichts dagegen, sie hier an seiner Seite zu haben, für einen Glückskuss.

Ein winziger Anflug von Aufregung mischte sich mit einem Hauch von Beklemmung. Für ihn war die Unruhe etwas Neues. Er brauchte sie nicht, um sich auf sein Ziel zu konzentrieren, und doch musste er sich fragen, ob dies vielleicht der Einfluss von Mutter Natur war, die eine Art bewahren wollte. Eine Partnerin finden, heiraten, die Rennfahrhandschuhe an den Nagel hängen, Babys machen. Er schüttelte den Kopf und klärte seine Gedanken. Junggesellen hatten in diesem Geschäft keinen Vorteil gegenüber verheirateten Männern. Er musste sich konzentrieren. Ob es ihm gefiel oder nicht, er musste die Gedanken an Addison beiseiteschieben und sich auf nichts anderes als die Strecke und das Rennen konzentrieren.

„Bereit?", rief einer seiner Crew-Mitglieder zu ihm herüber.

Kyle nickte. „Bereit."

Adrenalin strömte durch seine Adern, und er legte seine Ausrüstung an und setzte sich auf den Fahrersitz. Ein Grinsen hob seine Mundwinkel. Das Leben war mehr als gut.

Kyle hatte das Haus verlassen, bevor Addison und Eve die Treppe hinuntergegangen waren. Der Unterschied zwischen diesem und der Hauptranch der Familie – und was es in den Augen der Familie offenbar zu einem Häuschen machte –, war, dass es keine Bediensteten gab. Die Familie kümmerte sich selbst ums Kochen und Aufräumen. Addison hatte nicht viel darüber nachgedacht, aber bis zu diesem kleinen Besuch hätte sie vermutet, dass niemand in dieser Familie wusste, wie man Wasser kochte, geschweige denn eine ganze Mahlzeit zubereitete. Allerdings erwiesen sich die Familienmitglieder auch diesmal als ganz normale Menschen. Wie sich herausstellte, waren Eve und Mitch tatsächlich verdammt gute Köche. Sie hätte sich beinahe an ihrer Zunge verschluckt, als sie den Senator dabei beobachtete, wie er Gemüse schnippelte und dabei aussah wie einer dieser Fernsehköche. So seltsam es auch klingen mochte, es gab ihr ein besseres Gefühl, für ihn zu stimmen. Ein vielseitiger Mann, von dem sie vermutete, dass er sich in zahlreichen Dingen auskannte.

„Was möchten Sie trinken?", fragte eine tiefe Stimme über ihre Schulter hinweg.

Addison drehte sich auf ihrem Sitz um und bemerkte einen geduldig wartenden Kellner. „Cola light, bitte. Ohne Eis."

Der junge Mann nickte, wandte sich ab und stellte Mrs. Baron die gleiche Frage.

Auf der Strecke bewegten sich die Autos in einer Geschwindigkeit, die ihrem Nervensystem wie Zeitlupe vorkam. Sie umrundeten den weiten Platz und reihten sich einer nach dem anderen in zwei Reihen zu je zehn Autos an der Startlinie auf. „Ich verstehe, warum es wichtig ist, den ersten Platz in der Startaufstellung zu belegen. Es muss hart sein für die Jungs in der letzten Reihe."

„Es ist bestimmt nicht einfach, aber gelegentlich sieht man jemanden, der sich durchsetzt", erklärte Mrs. Baron freundlich.

„Vor allem, wenn es sich um einen besseren Fahrer handelt, dem in der Qualifikation ein Missgeschick passiert ist", fügte Mitch hinzu.

„Achte auf die Lichter." Eve zeigte auf diese. „Ein rotes Licht. Zwei, drei."

Noch eine Sekunde, und als die Lichter schwächer wurden, rief der Ansager, was ohnehin jeder sehen konnte: „Lichter aus!" Und die Autos brausten los.

Addisons Herz setzte einen Schlag aus, ihr Blick blieb auf dem leuchtend gelben Auto des Teams Baron haften. Innerhalb weniger Augenblicke scherte Kyle nach rechts aus und fuhr fast um das Auto vor ihm herum. Aus dieser Entfernung sah es so aus, als hätte er fast die hintere Stoßstange des anderen gestreift. Dann erinnerte sie sich daran, dass aus der Ferne alles näher aussah. Innerlich sagte sie sich wieder und wieder, dass Kyle einer der Besten war. Er wusste, was er tat, und sie hatte kaum Zweifel, dass er dieses Manöver wieder versuchen würde, und zwar bald.

Nach ein paar Augenblicken war sein Auto durch das große Fenster der Loge nicht mehr zu sehen. Wer sich für die verbleibenden Teile der Strecke interessierte, musste seine Aufmerksamkeit auf die Bildschirmwand an der Seite lenken. Von dort aus konnte man verschiedene Abschnitte des Rennens verfolgen. Mit der Fernbedienung in der Hand zoomte Mitch auf das Bild von Kyles Dashcam. Die Bewegung veranlasste Addison, die Lehnen ihres Sitzes fester zu umklammern.

Gestern hatte sie mehr über sein Team erfahren. Allein die Boxencrew bestand aus über zwanzig Leuten, die die Reifen in weniger als drei Sekunden wechselten. Das verblüffte sie. Sie brauchte deutlich länger, um allein den Wagenheber zu finden. Es gab nicht nur eine Fülle von Ernährungsberatern, Trainern, Managern und PR-Leuten, sondern auch Strategen, Ingenieure und Mechaniker, die sowohl hier als auch hinter den Kulissen an Computern und Simulatoren arbeiteten. Die Hauptakteure standen in ständiger Kommunikation mit Kyle, tauschten Strategien, Streckenbedingungen, Boxenstopps und diverse

Informationen über die anderen Fahrer und ihre Positionen aus. Die größere Überraschung für sie war nicht nur, dass all diese Leute dank der modernen Technologie live und unmittelbar miteinander kommunizieren konnten – als Ingenieurin war ihr das Konzept schließlich nicht fremd –, sondern auch, dass sowohl die Familie als auch die Fans in die Gespräche eingeweiht waren.

Auf mehreren Bildschirmen an der gegenüberliegenden Wand wurden die Fernsehübertragungen des Rennens gezeigt. Die Moderatoren kommentierten viele Aktionen der Fahrer und die Kommunikation der Teams. Neben den Fernsehkommentatoren hielten die Barons den Funkverkehr ihres Teams laut und deutlich aufrecht. Nach der ersten Stunde, in der sie hatte zusehen müssen, wie sich die Autos im Kreis drehten, wie sie in die Box fuhren und wieder herauskamen, wie sie wegen einer roten Flagge langsamer wurden, wenn ein Fahrer einen Reifen verlor, oder wie im Fall von Kyles Teamkollegen ein Rad einfror und das Auto im Kriechtempo in die Box einfahren musste, hatte sie den Reiz von Autorennen immer noch nicht verstanden.

Allerdings war ihr mittlerweile klar, dass das Ganze trotz der irrsinnigen Geschwindigkeiten, mit denen alle Autos unterwegs waren, tatsächlich nicht so gefährlich war, wie sie ursprünglich gedacht hatte. Zwar war es auch nicht hundertprozentig sicher, aber selbst, wenn etwas schiefging, wurden alle Vorsichtsmaßnahmen getroffen, um die Fahrer zu schützen.

Sie hatte sich praktisch an ihren Sitz geklammert, die Familie jedoch war aufgestanden und hatte sich bewegt. Eine Zeit lang hatten der Gouverneur und Mitch Seite an Seite gesessen und über politische Angelegenheiten gesprochen. Die beiden waren sich offenbar über das Ergebnis eines Sonderausschusses des Staates sehr uneinig. Eve und Craig waren in eine hitzige Diskussion über die Fahrkünste im Vergleich zum guten Aussehen eines Fahrers geraten, wobei Craig darauf bestand, dass verträumte Augen und ein sexy Spitzname kein entscheidender Faktor für den Ruhm eines Fahrers seien. Eve war anderer Meinung, denn sie hatte ein Faible für einen deutschen Typen mit einem kuriosen Spitznamen, den Addison schon wieder vergessen hatte, entwickelt.

Mrs. Baron hingegen war nahe an Addisons Seite geblieben und hatte sie entweder zufällig oder absichtlich mit einem Schwätzchen an einigen von Kyles schwierigsten Kurven oder Übergängen abgelenkt. Die freundliche Frau tätschelte Addisons Arm. „Ich glaube, es ist Zeit, sich die Beine zu vertreten und einen kleinen Snack zu essen." Sie wartete nicht auf eine Antwort, Lila stand einfach auf und wandte sich den im Raum verteilten Speisen zu, in der Erwartung, dass Addison ihr folgte. Was diese natürlich auch tat.

Sie musste Lila ein gutes Timing zugestehen. Das auf zwei Tischen verteilte Essen sah nicht nur absolut köstlich aus, sondern ihr Magen knurrte zustimmend.

„Du musst die Krabbenkuchen-Crostini probieren!" Eve hielt ihr eines hin. „Die sind einfach zum Niederknien gut."

„Wenn du Meeresfrüchte magst …" Mitch wies auf das gegenüberliegende Ende des Tisches. „Die Calamari Marinara sind köstlich und in unserem Land schwer zu kriegen."

„Stimmt." Eve seufzte. „Warum so viele Restaurants alles frittieren, werde ich nie erfahren. Was ist deiner Meinung nach der Grund dafür?"

Addison hatte darauf keine Antwort für ihre neugewonnene Freundin. Tatsächlich hatte die gebürtige Texanerin bis zu diesem Moment keine Ahnung, dass man Calamari auch auf andere Weise essen konnte. Nachdem sie ihren Teller mit all den verschiedenen Gerichten beladen hatte, kehrte sie an ihren Platz zurück. Sie knabberte an den Häppchen, schaute auf die Bildschirme, wenn Kyle um die Strecke fuhr, und wieder auf die Rennbahn, wenn er vor der Tribüne vorbeiraste. Sie kam zu dem Schluss, dass Eve und Mitch absolut recht hatten – Calamari Marinara waren der Hammer.

„Die letzte Runde kommt gleich." Der Gouverneur beugte sich auf seinem Sitz nach vorn. „Das ist Kyles letzte Chance, die Führung zu übernehmen."

„Glauben Sie, dass er es schaffen kann?", wagte sie zu fragen.

Ein paar Familienmitglieder nickten zustimmend, ein paar andere zuckten mit den Schultern. Es war Mrs. Baron, die leise antwortete: „Alles ist möglich."

Die Calamari und Shrimps vergessend, blieb Addisons Blick auf der Leinwand haften. Trotz ihres mangelnden Verständnisses war es ziemlich offensichtlich, dass Kyle sein Bestes tat, um den Fahrer auf dem ersten Platz hinter sich zu lassen. Aus dem nicht gerade höflichen Gespräch zwischen Kyle und seinen Ingenieuren ging klar hervor, dass sie sich nicht einig waren, wie das am besten zu bewerkstelligen war.

Als er die erste Hälfte der Runde hinter sich gebracht hatte und der dritte Wagen immer näher an Kyle herankam, saß sie buchstäblich auf der Kante ihres Sitzes. Nur noch ein wenig länger, und der Tag würde hinter ihr liegen. Wie gingen Rennfahrerfrauen mit diesem Stress um? Als sie sich ihrer Gedanken bewusst wurde, setzte sie sich aufrecht hin. Wie um alles in der Welt konnte sie sich mit der Frau eines Rennfahrers vergleichen? Sie war sich nicht einmal sicher, ob man das, was sie hatten, als Beziehung bezeichnen konnte. Das Auto an Kyles Hintern kam näher, und ihr Herz krampfte sich zusammen. Sie hatte ihre Antwort: Sie war total und vollkommen in Kyle Baron verliebt.

„Mist!", ertönte es laut und deutlich aus dem Funkgerät und riss sie aus ihren eigenen Gedanken.

Offensichtlich war sie nicht die Einzige, der aufgefallen war, dass die ersten drei Autos zu dicht auffuhren. Man musste kein Ingenieur sein, um zu verstehen, dass es nicht gut war, mit so hoher Geschwindigkeit zu fahren und zu drängeln. Als die drei Autos in die letzte Kurve bogen, zog das erste gerade so weit nach vorn, dass Addison ein wenig Luft bekam, als das dritte Auto seinen Zug machte, und auf Anweisung des Strategen am Funkgerät – oder vielleicht war es auch ein Ingenieur –, gab jemand Kyle ein Zeichen, und er blockierte.

Sie griff erneut nach der Stuhllehne. „Gib Gas!", rief sie Kyle zu.

Mitch lachte. „Klingt, als ob sie den Dreh raus hat."

„Pst!" Seine Großmutter wedelte mit der Hand, offensichtlich genauso ergriffen von den letzten Aktionen wie Addison.

Plötzlich streckte die ältere Dame eine Hand aus und umklammerte Addisons fest, und zwar im selben Moment, als das dritte Auto ein letztes Ausweichmanöver machte und in das Heck von Kyles Auto fuhr.

Jemand kreischte, und mehrere Menschen stießen ein erschrockenes „O Gott!" aus. Ein Reifen des Rennwagens riss ab und brachte Kyle ins Schleudern. Der andere Wagen überschlug sich, und beide Autos machten Purzelbäume. Mrs. Barons Griff um Addisons rechte Hand wurde fester, und ihre linke Hand flog zu ihrem Mund. „Es ist alles in Ordnung", sagte sie immer wieder zu sich selbst. Aber das Auto überschlug sich weiter, rutschte, hüpfte auf und ab und prallte schließlich gegen die Seitenwand, wobei das andere

Fahrzeug fast auf ihm landete.

Addison blieb nur noch eines – zu beten: *Lieber Gott, lass Kyles Auto nicht in Brand geraten.* Sie hatte einmal ein Video von einem Rennwagen gesehen, der in Flammen aufgegangen war. Einen völlig Fremden zu sehen, auch wenn er überlebt hatte, hatte ihre ohnehin schon gereizten Nerven in Höchstspannung versetzt.

„Ich bete, dass es dir gut geht", flüsterte sie.

Mrs. Baron erwiderte leise: „Amen."

Das Geschnatter im Radio war laut und kaum zu verstehen. Sie konnte gerade so hören, wie das Team nach ihm rief: „Ist alles okay? Kyle, geht es dir gut?" Die Stille am anderen Ende wurde nur noch beängstigender durch den Anblick der Männer, die herbeieilten, einige mit Feuerlöschern, andere mit wer weiß was, um einen möglicherweise schwer verletzten Mann herauszuholen. Ihr Herz raste abwechselnd wie verrückt und blieb dann fast stehen.

Sofort dachte sie an Kyles Aussage, dass man in der Lage sein müsse, den Gurt zu lösen und das Lenkrad in weniger als fünf Sekunden auszuhebeln. Beides war notwendig, um aus dem Auto auszusteigen. Es waren schon weit mehr als fünf Sekunden vergangen, und er war immer noch nicht herausgekommen.

Alle Augen blieben auf die Szene auf der anderen Seite der Scheibe gerichtet. Offenbar hatte das Rettungsteam Kyle aus den Überresten des Autos befreit, mitsamt dem Sitz. Ein Krankenwagen traf ein und versperrte ihr die Sicht auf das Wenige, was sie sehen konnte.

„Er wird ins Sanitätszelt gebracht", sagte der Gouverneur laut, obwohl sie das Gefühl hatte, dass er mehr mit sich selbst als mit den anderen sprach.

Mitch hatte ein Telefon in der Hand und verlangte leise, aber energisch Antworten von demjenigen, der am anderen Ende der Leitung war.

Nachdem der Krankenwagen weggefahren war, drehten sie und die anderen sich zu Mitch.

Er atmete langsam aus, blinzelte heftig und hielt dann die Augen ein paar Sekunden länger als nötig geschlossen. „Sie bringen ihn direkt ins Krankenhaus."

KAPITEL SIEBZEHN

Noch nie war Addison so sehr in einen Strudel von Aktivitäten geraten. Alle Familienmitglieder hatten sich in ihr jeweiliges Auto gesetzt. Doch anstatt ins Krankenhaus zu eilen, fuhren sie eine kurze Strecke zum nächsten Hubschrauberlandeplatz. Gerne hätte Addison ihren ersten Hubschrauberflug anders erlebt als auf dem Weg ins Krankenhaus. Sie war jedoch für alles dankbar, was sie eher früher als später an Kyles Seite brachte.

Eve war die Erste, die im Krankenhaus eintraf, aber sie konnte keine Informationen über Kyles Zustand erhalten. Addison flog mit demselben Hubschrauber wie der Gouverneur und Mrs. Baron. Zu ihrer großen Überraschung hatte sich Lila Baron von dem Moment an, als sie auf dem Dach des Krankenhauses aus dem Hubschrauber gestiegen waren, in Addisons Armbeuge gekrallt und sie nicht mehr losgelassen. Gemeinsam fuhren sie mit dem Aufzug nach unten und folgten dem Gouverneur sowie dem Senator, die zum Anmeldetresen marschierten.

Nur wenige Augenblicke, nachdem Mitch seinen Senatsausweis gezeigt und der Gouverneur lautstark die familiäre Beziehung zu Kyle Baron verkündet hatte, klapperte die Krankenschwester auf ihrer Tastatur herum und wagte es, sich mit den beiden Politikern anzulegen, da sie kaum Informationen zu bieten hatte. „Ich habe die Schwesternstation benachrichtigt, dass

Sie hier sind. Sobald es etwas Neues gibt, wird jemand kommen und Sie abholen." Der Gouverneur schlug mit seinem Stock auf den Boden und wollte etwas erwidern, aber die Krankenschwester unterbrach ihn mit einer hochgehobenen Hand. „Es tut mir leid, aber bis ein Arzt sein Okay gibt, sind Sie nur im Weg. Ich nehme an, Sie wollen das Beste für Ihren Enkel, oder?" Diese Aussage war klar und direkt. Die Frau würde eine gute Politikerin abgeben.

Der Gouverneur knirschte mit den Zähnen, nickte und drehte sich mit einer solchen Geschicklichkeit um, dass Addison sich für einen kurzen Moment fragte, ob er den Stock überhaupt brauchte.

Gemeinsam gingen sie und Lila, die Arme immer noch miteinander verschränkt, in das spärlich eingerichtete Wartezimmer. Ihr Magen knurrte, und Tränen drohten zu fließen. Sie musste sich dringend ablenken, damit sie sich keine Sorgen machte, ob der Mann, den sie liebte, noch lebte oder schon tot war oder etwas Unangenehmes dazwischen.

Während sie darauf wartete, dass die ältere Frau Platz nahm, schaute sich Addison nach etwas um, das an einen Automaten oder ein Schild für eine Cafeteria erinnerte. „Ich schaue mal, ob ich einen Kaffee finde. Möchten Sie auch einen?"

Lila schüttelte den Kopf. „Nein, Liebes, danke."

Schnell fragte sie die anderen, die mittlerweile ebenfalls im Wartezimmer saßen, ob sie etwas aus der Cafeteria wollten. Als jeder den Kopf schüttelte, überlegte sie, ob sie gehen sollte, um etwas zu tun zu haben, oder ob sie bei dieser Familie bleiben sollte, die ihr in kurzer Zeit dermaßen ans Herz gewachsen war. Sie musste etwas tun, irgendetwas, und selbst wenn es bedeutete, einen Kaffee zu kaufen, den sie eigentlich nicht trinken wollte. Aber alles war besser, als in ihrer Verzweiflung die Hände zu ringen. „Ich bin gleich wieder da."

„Soll ich dich begleiten?", bot Eve an.

Die Frage hätte Addison beinahe zum Lächeln gebracht. Allerdings nur fast. „Nein, danke. Es wird nicht lange dauern."

Sie ging zurück zum Empfangsbereich und behielt die Türen der Notaufnahme im Auge. Sie hoffte inständig, dass jeden Moment ein Arzt herauskommen würde, um der Familie mitzuteilen, dass alles in Ordnung war. Oder noch besser, dass Kyle selbst herausspazieren würde, um ihr ein Lächeln auf die Lippen zu zaubern.

Als sie den Empfangstresen erreichte, fiel ihr etwas auf. Sobald die Rezeptionistin eine Person anklingelte oder das Krankenhauspersonal sich eintrug, blieben die Türen für einige Minuten geöffnet.

„Kann ich Ihnen helfen?", fragte dieselbe Krankenschwester.

Sie wandte den Blick von der Tür ab. „Wo kann ich einen Kaffee bekommen?"

„Am Ende des Flurs ist ein Automat, aber den besseren Kaffee gibt's in der Cafeteria im zweiten Stock." Die Frau drehte sich um, streckte einen Arm aus und wies auf zwei Aufzüge direkt hinter den Türen zum Heiligtum der Notaufnahme.

„Danke." Addison tat ihr Bestes, um aufrichtig zu lächeln und ihren gerade ausgeheckten Plan zu verbergen.

Zum dritten Mal innerhalb weniger Minuten leuchtete ein Arzt Kyle in die Augen. „Ich bin sicher, dass sich seit den letzten beiden Malen nichts geändert hat. Es geht mir gut. Wenn Sie mich bitte entlassen würden." Kyle wollte sich aufsetzen, wurde aber von einer Welle von Übelkeit überwältigt, sodass er sich wieder hinlegte.

„Und deshalb werden wir Sie nicht entlassen." Der Arzt wedelte tadelnd mit dem Finger.

„Aber ich werde nicht hierbleiben. Wo ist meine Familie?"

Als er das Stethoskop an Kyles Brust hielt, starrte der Doktor vor sich hin ins Leere. „Wenn Sie Gouverneur Baron meinen, der tobt gerade im Wartezimmer, wo er mit weiteren Leuten sitzt."

„Na toll!" Kyle seufzte und legte einen Arm über seine Augen. Das Licht über ihm bereitete ihm schlimme Kopfschmerzen. „Hat ihnen jemand gesagt, dass es mir gut geht?"

„Wir dürfen die Angehörigen erst dann informieren, wenn wir sicher sind, was wir zu berichten haben."

„Sie sind sich vielleicht nicht sicher, aber ich bin es. Mir geht es gut, und ich möchte nach Hause gehen. Glauben Sie mir, wenn ich Ihnen sage, dass meine Großmutter sich besser um mich kümmern wird als Sie."

Diesmal lächelte der Arzt. „Ich bin sicher, dass sie das tut, aber das ändert nichts an der Tatsache, dass Sie einen heftigen Schlag auf den Kopf bekommen haben. Sie waren bewusstlos und kamen erst wieder zu sich, als der Krankenwagen schon unterwegs war. Ob Sie wollen oder nicht, Sie bleiben über Nacht zur Beobachtung hier."

„Das werden wir ja sehen!" Kaum hatte er die Worte ausgesprochen, öffnete sich die Tür zur Notaufnahme, denn plötzlich konnte er das Brüllen seines Großvaters laut und deutlich hören. Ehrlich gesagt war Kyle ein wenig überrascht, dass der alte Mann nicht die Nationalgarde oder ein Marineinfanteriebataillon gerufen hatte, um in die Notaufnahme einzudringen. Plötzlich hoffte er, dass niemand seine

Mutter angerufen hatte. Dass sie um die halbe Welt flog, um festzustellen, dass es ihm gut ging, wollte er unter allen Umständen vermeiden.

Der Vorhang, der ihn vom Rest der Notaufnahme trennte, wurde aufgezogen, und eine zierliche Krankenschwester lächelte ihn an. Dann wandte sie sich an den Arzt: „Der Gouverneur und der Senator haben mit dem Stabschef telefoniert. Soll ich sie holen, bevor sie die Nationalgarde rufen?"

Kyle hätte fast gelacht. Offenbar war die Frau eine gute Menschenkennerin. Aber es war der Anblick der Frau hinter der scharfsinnigen Krankenschwester, die ihn fast aus dem Bett springen ließ, wenn ihm nicht bei jeder Bewegung übel würde.

In dieser Sekunde drehte sich Addison um und sah ihn. Sofort wechselte sie die Richtung, wobei sie fast gestolpert wäre. „Dir geht es gut!" Beinahe hätte sie den Arzt überrannt, um zu Kyle zu gelangen, und fuhr mit den Fingern über seine Wange, wobei ihr Blick den Infusionsschläuchen folgte. „Ihm geht es doch gut, oder?"

„Wir warten auf die Ergebnisse der Röntgenaufnahmen und des MRT, aber bisher scheint er eine leichte Gehirnerschütterung zu haben."

„Je eher jemand meinen Großvater hierherbringt, desto früher bin ich auf dem Weg nach Hause."

Addison legte ihre Hand in seine. „Ich werde ihn holen gehen. Deine Großmutter wird sich selbst davon überzeugen wollen, dass es dir gut geht."

„Nein!" Er drückte ihre Hand fester und zog sie näher zu sich. „Bitte bleib hier. Jemand anderes kann sie holen."

Ein zartes Lächeln umspielte ihre Mundwinkel, aber er konnte den Ausdruck in ihren Augen nicht lesen. Er glaubte, Schmerz oder Sorge oder eine Mischung aus beidem zu sehen, und es bedrückte ihn zutiefst, dass er das verursacht hatte.

Plötzlich wurde eine andere Tür geöffnet, und ein paar Sanitäter schoben ein Krankenbett hinein und folgten einer Krankenschwester zu einer anderen Kabine.

Der Blick des Arztes wanderte zu dem Tumult, und während er sich langsam entfernte, sagte er zu Kyle: „Sie bleiben hier! Ich meine es ernst." Er eilte davon, und es überraschte Kyle, dass der Mann sich die zusätzliche Sekunde nahm, um den Vorhang wieder zuzuziehen. Kyle musste daran denken, ihm für das bisschen mehr Privatsphäre zu danken. So sicher, wie er wusste, dass sein Name Kyle Baron war, wusste er auch, dass er jeden Moment von besorgten Barons überrannt werden würde.

„Es tut mir leid", sagte er.

„Was?"

„Dass ich dir Sorgen bereite."

Addison versuchte zu lächeln. „Ich bin nur froh, dass es dir gut geht. Oder zumindest größtenteils gut."

„Mir wird es gut gehen, sobald der Raum aufhört, sich zu drehen."

Sie kniff besorgt die Augen zusammen, als sie sich vom Bett entfernte.

„Nein." Er zog sie an sich und klopfte auf das Bett, damit sie sich wieder setzte. „Es ist besser, wenn du hier bist. Ganz nah bei mir." Er schloss kurz die Augen und sog die Luft stärker ein, dann blies er den Atem langsam aus. Kyle war nicht risikoscheu, und jetzt war definitiv der richtige Zeitpunkt, um sich in die Sache zu stürzen. „Seit dem Tag, an dem ich dich kennengelernt habe, ist alles besser geworden."

Die Anspannung löste sich von ihren Schultern, und ein Lächeln umspielte ihre Lippen. „Na klar."

„Ich meine es ernst."

Sie nickte und lächelte. „Dann freue ich mich, das zu hören."

„Gut. Dann wird es dich nicht überraschen, wenn ich dir sage, dass ich mein ganzes Leben lang dem Adrenalinrausch nachgejagt bin."

Ihr Lächeln verschwand, sie schüttelte den Kopf und drückte seine Hand.

„Aber mir ist etwas klar geworden." Er holte langsam und tief Luft. „Ich muss nicht aus Flugzeugen springen oder mit 300 Kilometern pro Stunde rasen, um high zu sein. Alles, was ich brauche, bist du. Ich liebe dich."

Ihre Augen wurden groß und rund, und zu seiner Erleichterung kehrte ihr Lächeln zurück. „Das freut mich, denn mir ist klar geworden, dass ich dich ebenfalls liebe. Sehr sogar."

„Ich kann mit den Rennen aufhören."

„Aber du liebst sie."

„Ich liebe dich mehr. Wenn ein weiterer Vorfall wie dieser zu viel ist, kann ich aufhören. Es spielt keine Rolle mehr." Und zu seiner Überraschung meinte er jede Silbe ernst. Egal, wie sehr er Autorennen liebte. Egal, wie wenig ihn die Unfälle und Missgeschicke störten. Egal, wie groß seine Chancen waren, dieses Jahr alles zu gewinnen, nichts war wichtiger, als Addison in seinem Leben zu behalten – für immer.

„Mir fehlen zwar die Worte, um dir zu sagen, wie viel es mir bedeutet, dass du deine Träume für mich aufgibst ..."

„Ich ..."

Mit einem Finger auf seinen Lippen unterbrach sie ihn. „Ich würde nie von dir verlangen, dass du deine Träume aufgibst. Ich werde einen Weg finden, damit zu leben. Und mit dir."

„Wir werden einen Weg finden. Von jetzt an dreht sich mein Leben um uns."

Ihr Lächeln wurde breiter, und er konnte nicht widerstehen, ihr hübsches Gesicht zu küssen. Er war sich nicht sicher, ob es der Kuss war oder die Gehirnerschütterung, die ihn benommen machte, aber er war sich sicher, dass das Geräusch mehrerer räuspernder Kehlen sie dazu brachte, sich voneinander zu lösen. Addison sprang vom Bett auf und machte einen Schritt zur Seite, als er ihre Hand ergriff und sie wieder dicht an sich heranzog.

„Der Arzt hat uns gesagt, dass du die Nacht hier verbringen wirst." Sein Großvater sah von ihm zu Addison und wieder zurück. „Gibt es sonst noch etwas, das wir wissen sollten?"

Der Einzige, der eine ernste Miene machte, war der Gouverneur. Die restlichen Familienmitglieder grinsten wie Honigkuchenpferde.

„So lange habe ich zugesehen, wie du durchs Leben rennst und dich in Herzensangelegenheiten zurückhältst. Umso erfreuter bin ich, dass du nun endlich die Weisheit erlangt hast, was wirklich zählt." Seine Großmutter schüttelte den Kopf und beugte sich vor, um Kyle auf die Wange zu küssen. Dann flüsterte sie ihm ins Ohr: „Warum hast du so lange gebraucht?"

EPILOG

„Ich weiß nicht, wie sie das macht." C.J. Baron stellte sich neben Eve. „Mein Blutdruck hat schon genug damit zu tun, meinem Schwager dabei zuzusehen, wie er schneller auf der Rennstrecke rast als ein Hurrikan der Kategorie fünf. Ich kann mir nicht vorstellen, wie ich mich fühlen würde, wenn der Mann, den ich liebe, hinter dem Steuer säße."

Eve wusste ganz genau, was ihre Schwägerin meinte. Sie hatte ihrem Bruder schon von klein auf dabei zugesehen, wie er mit allem, was vier Räder hatte, durch die Gegend raste, ungeachtet des Risikos, und hatte daher kein Interesse daran, mit einem Adrenalinjunkie auszugehen, geschweige denn einen zu heiraten. Aber verdammt, jedes Mal, wenn sie sich umdrehte, sahen Kyle und Addison aus wie zwei Magnete, die ständig voneinander angezogen wurden.

Eve hatte sich allmählich daran gewöhnt, dass sich nicht nur einer, sondern gleich zwei ihrer Brüder Hals über Kopf verliebt hatten. Aber etwas, das dem Gefühl der Eifersucht sehr nahe kam, kribbelte in ihrem Nacken. Der Teil von ihr, der mit Märchen und Märchenprinzen aufgewachsen war, fragte sich, ob sie jemals so viel Glück in der Liebe haben würde. Und dann war da noch ihre praktische Seite, die fast ein Jahrzehnt damit verbracht hatte zu studieren, um die Beste der Besten zu werden, und sich dann gegen die guten alten Jungs durchzusetzen, um an der Spitze ihres eigenen, sehr profitablen Parfümunternehmens zu stehen. Diese Seite hatte keine Zeit für die Liebe. Verdammt, diese Seite hatte gerade mal Zeit für ein gelegentliches Abendessen und mehrere Augenzwinkern. Und sie verstand auch nicht, warum Addison bei einem Vorstellungsgespräch für eine sehr lukrative Stelle in Südkalifornien das Gesicht verzogen hatte, um sich auf die Arbeit in der Nähe von Houston und Kyles Heimatbasis zu konzentrieren. Nicht, dass die Stelle, die sie schließlich bei einem der größten Energieunternehmen des Landes angenommen hatte, nicht lukrativ wäre, aber zum Zeitpunkt des anderen Vorstellungsgesprächs war Eve sicher gewesen, dass Liebe nicht nur blind, sondern auch ziemlich dumm machen konnte.

Die Zuschauerkabine brach in Jubel aus, als Kyle die letzte Runde fuhr, den führenden Wagen überholte und sie ins Hier und Jetzt zurückholte. Die Hälfte der Familienmitglieder sprang auf und jubelte, als hätte Kyle eine Präsidentschaftswahl gewonnen und nicht ein Meisterschaftsrennen. Die andere Hälfte des Clans umarmte einander und grinste, als wären sie selbst gefahren und hätten das Rennen gewonnen. Der überschäumende Enthusiasmus verbreitete sich im Raum wie ein Stromstoß. Nach einigen Umarmungen, Jubelrufen und so vielen Lächeln, dass ihr Gesicht schmerzte, hätte Eve nicht glücklicher sein können, wenn sie tatsächlich auf dem Fahrersitz gesessen hätte.

Unten im Mannschaftsraum wartete Addison mit dem Gouverneur und ihrer Großmutter. Eve konnte sehen, wie der Gouverneur seine Frau küsste und sich dann umdrehte, um seine zukünftige Schwieger-Enkelin zu umarmen. Ein Feuerwerk wurde gezündet, Musik dröhnte aus den Lautsprechern, und Kyle stand jetzt auf dem Wagen.

Die ausgelassene Stimmung unter den Zuschauern war beinahe greifbar. Das ganze Stadion konnte die

Energie spüren, die durch die Crew und die Menge schwirrte. Champagnerflaschen wurden herumgereicht und getrunken oder über die Köpfe geschüttet. Sie brauchte eine weitere Minute, um zu begreifen, dass Kyle nicht auf dem Auto saß und seinen Sieg feierte, sondern die Menge nach jemandem absuchte, und sie wusste genau, wer dieser Jemand war.

Noch ein oder zwei Sekunden, und Kyle sprang von der Motorhaube und rannte davon. Es gab nur einen Grund, warum ihr Bruder das Feiern sein ließ und der Menge entfloh. Diesen einen Grund sah sie von ihrem Platz in der Mannschaftskabine aus auf sich zukommen.

Eve musste zugeben, dass sie sich noch vor ein paar Monaten nicht hatte vorstellen können, dass ihr Bruder seine Mannschaft in ihrem freudigsten Moment im Stich lassen würde. Und doch saß sie hier wie eine Voyeurin und beobachtete, wie die beiden Turteltäubchen einander in die Arme fielen. Nur die Champagnerflasche, die ein Mannschaftskamerad dreist – oder war es Dummheit? – über die Köpfe des sich küssenden Paares schüttete, vermochte ihre Aufmerksamkeit zu erregen.

„Oh, dafür würde ich ihn umbringen." C.J. rutschte auf ihrem Sitz nach vorn und grinste von einem Ohr zum anderen. „Aber sieh dir die beiden an!"

Champagnergetränkt oder nicht, die beiden beugten sich für einen weiteren Kuss vor, und Kyle legte einen Arm schützend um Addisons Schulter und führte sie durch die Menge zum Siegerpodest. Ein weiterer langsamer Kuss am Fuße der Tribüne, und Eve konnte spüren, dass sie sich nur ungern trennten. Bei diesem Verhalten fragte sie sich, ob die beiden es bis zu der in ein paar Wochen stattfindenden Hochzeit aushalten würden.

„Sie sehen glücklich aus." Mitch hatte seinen Platz

neben seinen Brüdern verlassen, um sich neben Eve zu setzen.

„Das tun sie wirklich." Eve schaute über ihre Schulter zu C.J., die sich neben Chase gestellt hatte. „Das tun sie alle."

Sein sanftes Lächeln konnte den Schmerz in Mitchs Augen kaum verbergen. Eve fragte sich, ob das alte Sprichwort, dass es besser sei, geliebt und einen Verlust erlitten zu haben, als überhaupt nie geliebt zu haben, wirklich stimmte. Aus ihrer Sicht waren die Jahre des anhaltenden Schmerzes auf Mitchs Gesicht das sicher nicht wert gewesen. Und doch machte das Funkeln in Chases und Kyles Augen Eve Lust auf … was?

Kyle hielt den Pokal hoch über seinen Kopf, grinste in die Kameras, übergab ihn dann schnell an seinen Teamkollegen und sprang über das Geländer zu seiner Verlobten. Wieder einmal fielen die beiden in eine ohnmachtsähnliche Umarmung. Eves Blick wanderte zu Chase und C.J., dann zu Mitch und schließlich zurück zu Kyle und Addison.

Wem wollte sie etwas vormachen? Sie wünschte sich, was ihre Brüder gefunden hatten. Sie seufzte tief, lehnte sich in dem bequemen Sitz zurück und sah zu, wie Kyle und Addison Hand in Hand den Siegerbereich verließen. Ja, was auch immer ihre Brüder gefunden hatten, sie wollte es auch.

EXCERPT: JARED: DU BIST

MEINE HOFFNUNG

„**W**as du brauchst, ist ein Mann."

Eve Baron stand über ihr Präparat gebeugt. Ihr fiel die Pipette aus der Hand und zu Boden. Sie drehte den Kopf zu ihrer Assistentin. „Wie bitte?"

„Du arbeitest zu hart." Isabel Santorini war die beste Compounderin, die beste Assistentin, mit der Eve je zusammengearbeitet hatte. Der weiße Laborkittel verbarg kaum die Gothic-Garderobe der Frau mit den schweren Kampfstiefeln, die über den Linoleumboden polterten. Auch die Vielzahl an Ohrsteckern, die rabenschwarz gefärbten Haare und das auffällige Make-up ließen nicht erahnen, welch brillanter Kopf seit dem Tag, an dem sie in der Parfümerie angefangen hatte, an Eves Seite war. „Ich kann deine Anspannung immer spüren, sobald ich die Schwelle überschreite. Du brauchst eine Runde Bettsport."

„Was ich brauche …", Eve reichte Isabel eine Liste mit den Zutaten ihrer neuesten Kreation, „… ist, dass du diese zusammensetzt und mein Liebesleben unerwähnt lässt."

„Würde ich gerne. Wenn du eines hättest." Isabel schaute mit einem breiten Grinsen auf. „Ein Liebesleben, meine ich.“

„Mit meinem Liebesleben ist alles in Ordnung, danke.“

Isabel stellte einen Teller mit Käse und frischem Obst vor sie. „Natürlich ist es das. Deshalb hast du auch die ganze Woche auf dem Sofa in deinem Büro geschlafen.“

Eve verdrehte die Augen. Aber die Frau hatte recht. Eve liebte ihre Arbeit, liebte es, ihre eigene Chefin zu sein. Seit sie die Kunst des Parfümmischens entdeckt und gemerkt hatte, dass sie darin verdammt gut war – besser als in der Herstellung von Klebemassen für Sicherheitsaufkleber –, hatte sie sich bemüht, ihre eigene Firma aufzubauen. Nun war es nicht ungewöhnlich, dass ihr bei der Arbeit an einem besonders bezaubernden Duft die Zeit davonlief und sie auf dem Sofa zusammenbrach. Das Gute daran war, dass die langen Arbeitstage sie davon abhielten, an grundlegende Dinge wie Essen zu denken, was dazu beitrug, dass sie immer noch dieselbe Kleidergröße trug wie in der Highschool. Als fürsorgliche Assistentin sorgte Isabel dafür, dass Eve wenigstens nicht verhungerte.

„Danke. Ich habe gar nicht gemerkt, dass ich Hunger habe.“ Eve steckte sich einen Bissen Käse in den Mund.

„Für Essen oder Männer?“

„Hörst du wohl auf damit!“ Das Letzte, was Eve jetzt brauchte, war eine romantische Liaison.

„Ich meine es ernst. Vergiss das mit dem Bettsport. Wann hattest du das letzte Mal ein Date?“

„Vor zwei Wochen, bei der jährlichen Gala der Frauenhäuser.“

Eine pechschwarz angemalte Augenbraue wurde hochgezogen, und Isabel schürzte ihre kohlrabenschwarzen Lippen in bitterer Ablehnung. „Jack Preston zählt nicht. Auch wenn der Mann verdammt sexy ist, könnte er genauso gut dein Bruder sein. Weiß der Himmel, kein ehrbarer Mann wäre bereit, mit der jüngeren Schwester seines besten Freundes auszugehen. Schon gar nicht, wenn der Bruder ein Baron ist und zwei weitere Brüder hat, die ihm bei einer Schlägerei den Rücken stärken."

Eve konnte dagegen nicht viel einwenden. Jack Preston, der College-Kumpel ihres Bruders Kyle, war schon seit einiger Zeit ihr bevorzugtes Date für Wohltätigkeitsveranstaltungen und Hochzeiten. Er sorgte für tolle Fotos, fütterte die Gerüchteküche, um die von ihr geförderten Wohltätigkeitsorganisationen in den Nachrichten zu halten, und wehrte unerwünschte männliche Goldgräber ab. Schade, dass er für die heutige Veranstaltung von *Housing for Heroes* nicht zur Verfügung stand. Der gesamte Abend war um ihre gemeinsame Spende mit einem großen Kosmetikunternehmen für die Namensrechte an einer neuen Duftkreation herum geplant. Alle erwarteten, dass die Spendenaktion ein voller Erfolg für die gemeinnützige Organisation werden würde, die so viel für in Not geratene Veteranen getan hatte. Zumindest heute Abend würden ihre Großeltern anwesend sein. Das war zwar nicht das Gleiche wie eine Begleitung an ihrem Arm, aber immerhin ein sicherer Hafen. Apropos, sie warf einen Blick auf ihre Armbanduhr. Fünfzehn Uhr. Wenn sie jetzt von hier abhauen würde, könnte sie dem leidigen Verkehr in Houston entkommen. Eines Tages würde sie ihre Firma aus der Innenstadt verlagern, ihr Stadthaus in den Heights verkaufen und sich in einem billigeren, weniger verkehrsreichen nördlichen Vorort niederlassen. Eines Tages.

Sie schob sich eine Weintraube und ein Stück Mozzarella in den Mund und nahm den Teller in die Hand, um auf dem Weg nach draußen weiter zu knabbern. „Danke für den Imbiss, aber ich muss mich beeilen, wenn ich zum Bankett heute Abend etwas anderes als meinen Laborkittel tragen will."

Isabel nickte. Eve war schon fast aus der Tür, als ihre Assistentin ihr nachrief: „Wenn du einen heißen Junggesellen findest, nimm ihn mit nach Hause!"

Dass Pepper nach Hause humpelte, war die Krönung eines erbärmlich heißen und unproduktiven Tages. Wenn die heutigen Missgeschicke ein Hinweis darauf waren, wie der heutige Abend verlaufen würde, war Jared Gold in ernsthaften Schwierigkeiten.

„Oje!" Er hatte zwar Beine, die so krumm waren wie der Bogen von St. Louis, aber es gab keinen Mann auf diesem Planeten, dem Jared seine Pferde mehr anvertrauen würde als Randy. „Was ist passiert?"

„Gute Frage. Wir waren kaum das erste kleine Stück auf der Ostweide geritten, als sie anfing, eine Seite zu bevorzugen. Ich stieg ab und untersuchte ihre Hufe, aber ich konnte nichts sehen. Ich vermute, dass sie eine Prellung hat. Bevor wir heute Morgen rausgegangen sind, habe ich ein paar Kieselsteine aus ihren Hufen entfernt, aber du weißt ja, wie das ist."

Randy zog seine grauen Augenbrauen hoch. „Hast du deine Stiefel abgenutzt, als du mit ihr den ganzen Weg zurückgegangen bist?"

„So ungefähr." Jared tätschelte den Hals des Pferdes und kratzte sich unter dem Kinn. „Ich wollte kein Risiko eingehen."

„Kluger Mann!" Randy lächelte und griff nach den Zügeln. „Ich sehe sie mir mal an. Du gehst jetzt besser. Deine Mutter hat mich in der vergangenen Stunde dreimal angerufen und nach dir gefragt."

„Verdammt!" Jared schaute auf sein Handy. Fast

siebzehn Uhr dreißig und zwei verpasste Anrufe von seiner Mutter. „Heute Abend ist diese blöde Gala. Ich habe Mom versprochen, dass ich für Dad einspringe."

„Aber ist das nicht die Spendenaktion für den Bau von Heimen für in Not geratene oder behinderte Veteranen?", fragte Randy.

Jared nickte.

„Für mich klingt das nicht blöd."

„Nein." Jared stieß einen langen Seufzer aus. Da hatte er recht. Solange er denken konnte, war der Vorarbeiter der Ranch wie ein zweiter Vater für ihn gewesen. Jason Gold war ein großartiger Vater, hatte aber kein Interesse an der Ranch gehabt, die seiner Familie gehörte, seit Texas eine eigene Republik war. Alles, was Jared über Pferde und Viehzucht wusste, hatte er zuerst von seinem Großvater und dann von Randy beigebracht bekommen. Ein Mann und ein anständiger Mensch zu sein, hatte er sowohl von seiner leiblichen als auch von seiner Ranch-Familie gelernt. „Es ist eine gute Sache. Eine, für die ich gerne einen schönen Scheck ausstelle. Nur das Abendessen und das endlose oberflächliche Gequatsche sind eine blöde Art, einen Abend zu verbringen."

„Verstehe." Randy war ein Cowboy durch und durch. Er würde eine Nacht im Smoking und mit Champagner nicht überleben. Aber so wie Jared sich im Moment fühlte, war er sich nicht sicher, ob er selbst eine Nacht als Pinguin verkleidet überstehen würde, um sich bei der gesellschaftlichen Elite von Houston einzuschmeicheln.

Jared übergab Randy sein Pferd und drehte sich in Richtung des Haupthauses. An dem Tag, an dem er seinen Abschluss an der Universität gemacht hatte, hatte ihm sein Vater die Schlüssel zur Haustür übergeben, alle buchhalterischen Unterlagen für die Ranch, einschließlich seines Namens auf allen

Bankkonten, und war mit seiner Frau in ein bescheidenes, 4.000 Quadratmeter großes Haus inmitten eines zwei Hektar großen, bewaldeten Grundstücks in der Vorstadt gezogen. Sowohl seine Mutter als auch sein Vater waren nie glücklicher gewesen.

Sein nächster Gedanke war, wie schwer es sein würde, seine Mutter zu überreden, in letzter Minute einen Ersatz zu finden. Selbst sie würde verstehen, dass jeder Mensch erledigt wäre, nachdem er stundenlang zu Fuß mit einem lahmen Pferd über die Ranch gelaufen war. Von ihm zu erwarten, dass er sich schick machte und gesellig war, war unter diesen Umständen zu viel verlangt.

„Wurde auch Zeit." Kaum hatte sich die Haustür hinter ihm geschlossen, erschien seine Mutter im Eingang der Bibliothek. „Du gehst nicht an dein Telefon." Sie schnupperte in der Luft. „Und du brauchst eine Dusche. Eine lange Dusche." Trotz dieser Aussage marschierte sie direkt auf ihn zu und küsste ihn auf die Wange. „Wir wollen nicht zu spät kommen."

Sie trug ein elegantes schwarzes Abendkleid, ihre Lieblingsohrringe aus Saphiren und Diamanten und eine dazu passende Halskette. Ihr Haar war hochgesteckt, sodass ihre funkelnden himmelblauen Augen gut zur Geltung kamen, und er erinnerte sich daran, wie aufgeregt sie gewesen war, als ihr einziger Sohn zugestimmt hatte, mit ihr auszugehen. Er brachte es einfach nicht übers Herz, ihr zu gestehen, wie müde er war. „Ich brauche noch ein paar Minuten."

Ihr Blick wurde weicher, und sie legte sanft eine Hand auf seine Wange. „Anstrengender Tag?"

„Das kann man wohl sagen."

Liebe und Besorgnis leuchteten in ihren Augen auf. „Was ist passiert?"

Er schüttelte den Kopf. „Ich musste Pepper nach

Hause bringen. Sie humpelt.“

„Oje.“ Ihre Miene verzog sich vor Sorge. Seine Mutter mochte zwar kein Mädchen vom Lande sein, aber ihre Gutherzigkeit erstreckte sich auf Tiere und Menschen gleichermaßen. Heute Abend war es eine Wohltätigkeitsgala für Veteranen, nächste Woche könnte es eine für streunende Katzen sein. „Nichts Ernstes, hoffe ich.“

„Das hoffe ich auch. Randy wird mir Bescheid sagen, aber im Moment würde mir eine lange heiße Dusche guttun.“

„Nimm ein Bad! Wir können uns ein wenig verspäten.“ Sie strich ihm wieder mit der Hand über die Wange.

Obwohl er ein erwachsener Mann war, der keine Streicheleinheiten brauchte oder wollte, konnte ihn die liebevolle Berührung seiner Mutter seltsamerweise immer noch beruhigen. Er wollte sie auf keinen Fall enttäuschen, indem er darum bat, den Abend ausfallen zu lassen. Wenn er Glück hatte, könnte er all den lästigen Leuten aus dem Weg gehen und den Abend einfach mit seiner Mutter genießen.

„Ich rufe nach Mary. Sie soll dir eine heiße Schokolade machen. Das ist gut für die Seele nach einem harten Tag.“ Mary war schon vor Jareds Geburt die Haushälterin der Ranch gewesen. Sie war der Familie Gold genauso treu ergeben wie ihrer eigenen.

„Danke, Mom.“ Er erwiderte ihr Lächeln und drückte sanft ihre Hand, dann ging er die Wendeltreppe hinauf zur großen Suite am Ende des Flurs. Vielleicht musste er die heiße Schokolade weglassen und stattdessen eine Kanne Kaffee trinken, sonst würde seine Mutter ihn heute Nacht schlafend in seinem Dessert finden. Vielleicht würde ein fünfzehnminütiger Nachmittagsschlaf helfen.

Auf seinem Bett liegend, die Augen geschlossen,

wusste er nicht, ob er eingeschlafen war oder nicht, als ein Klopfen an seiner Zimmertür ertönte. „Herein!"

Die Tür ging auf, und Mary trug ein Tablett und lächelte ihn freundlich an. „Deine Mutter hat mich gebeten, dir eine heiße Schokolade zu bringen. Ich dachte, du magst vielleicht lieber Kaffee. Ich habe die ganze Kanne mitgebracht."

„Gott sei Dank!" Er richtete sich auf. Eines wusste er ganz genau, nämlich, dass dieses Haus ohne Mary nicht funktionieren würde. Allerdings war sie in die Jahre gekommen. Sie hatte vor ein paar Jahren ihren einzigen Sohn und ihre Schwiegertochter bei einem Autounfall verloren und zog nun ihren einzigen Enkel auf. An manchen Tagen dachte Jared, dass die Verantwortung, einen kleinen Jungen großzuziehen und für ihn zu sorgen, mehr war, als eine Frau in ihrem Alter auf sich nehmen sollte. Und dann gab es Zeiten, in denen er davon überzeugt war, dass Mary sie alle überleben würde. Zumindest heute Abend, mit der Kaffeekanne in der Hand, war sie seine Rettung. Hoffentlich würde der Konsum von ausreichend Kaffee seiner Mutter zuliebe ausreichen, um ihn von einem erschöpften Cowboy in einen charmanten Gala-Begleiter zu verwandeln.

ÜBER CHRIS KENISTON

Chris Keniston ist Autorin von vierzig zeitgenössischen Romanen und lebt mit ihrem Mann, zwei menschlichen Kindern und zwei Hundekindern in einem Vorort von Dallas. Obwohl sie beide Hunde gleichermaßen liebt, gibt sie zu, eine ganz besondere Bindung zu ihrem Deutschen Schäferhund aus dem Tierheim zu haben. Schließlich verdienen auch Hunde ein Happy End.

Auf www.chriskeniston.com erfahren Sie mehr über Chris Keniston und ihre Bücher.

Folgen Sie Chris' Montagsblog auf ihrer Website ChrisKenistonAutoren

Folgen Sie Chris auf Facebook unter ChrisKenistonAutorin